七怪忌

JN009701

最東対地

角川ホラー文庫
22650

この学校の踊り場の姿見には曰《いわ》くがある。

真夜中、毎時四十四分四十四秒に鏡の前に立つと、事故で死んだ女生徒に鏡の中へひきずり込まれるという。今夜もまたそんな噂を確かめようと、ふたりの女生徒が暗い廊下を懐中電灯の明かりを頼りに突き進んでいく。

ひんやりとしたコンクリの校舎は、夜になるとさらに底冷えするような冷たさがあった。かかとから背筋にあがってくるような寒気をこらえ、件《くだん》の姿見へ向かった。

鏡に現れる女生徒が何者かはわからない。どんな事故で死んだのか。いつの話なのか。誰なのか。その一切が謎だというのに、〝顔が潰《つぶ》れた血まみれの女生徒〟を知らぬものはいない。

好奇心は時として人に備わっている危険察知能力を緩慢にする。夜の校舎の冷たさも、外界から隔離されたような孤独感も、姿見の前ではすべて興奮にすり替わった。

恐怖と緊張を、興奮と誤解しているのかもしれない。吊《つ》り橋効果と似た心境でふたりは鏡の前に臨んだ。

時刻はまもなく四十四分になろうとしている。

息を呑《の》み、ふたりはこれから起こる〝ナニカ〟に身を構えた。

「もうちょっとだね」

「うん。噂のアレ……、映るかな」

姿見は前に立つふたりの姿を映している。目がくらむので懐中電灯を消してその時を待った。

四十四分四十四秒まであと十数秒……。

夜の学校からふたりの話し声は止み、風が窓を揺らす音だけが微《かす》かに聞こえる。

暗闇に慣れた双眸《そうぼう》はじっと自らの姿を見つめていた。

「………もう、過ぎた？」

「たぶん……」

深いため息を吐き、「なぁ～んだ！」と落胆の声をあげた。なにも起きなかったことを嘆きながらも、内心はなにも起こらなかった安堵《あんど》感《かん》があった。

「せっかくだからほかの七不思議も……」

あれ？　間を置いて素《す》っ頓狂《とんきょう》な声を漏らした。

姿見の前で横を向いたまま女生徒は固まっていた。一緒にいたはずの友人がいない。

恐る恐る名前を呼びかけるが、冷たいコンクリに反響した声がエコーになるだけだった。

強い声で呼ぶ。いない。

階段の下も、上も、どこにもいない。忽然《こつぜん》と友人はいなくなってしまった。

泣きべそを掻《か》き、まさかと思い姿見を振り返る。

『……けて！』

ほんの一瞬。刹那《せつな》の間――

彼女は見た。

鏡の中からこちら側を叩《たた》く友人の姿を。後ろから友人の胸をがっしりと抱く、傷だらけで灰色の……痩《や》せた腕を。

そしてすぐにその姿は消え、鏡は再び闇だけを映した。


暗い夜からさらに切り離された闇の中にそびえたつ校舎は、昼間の明るい表情とはまるで別人の顔をしていた。一切の情を捨て去った老人のような、しわがれた顔で招かざる客をじっと見つめた。

軽い気持ちで訪れたことを女生徒は烈《はげ》しく後悔した。

真夜中の闇をつんざく悲鳴をもってしても、鏡に攫《さら》われた友人は戻ってこない。老人の胃袋に消化され、この世から突然消えてしまった。


この話は、学校に伝わる【七不思議】のひとつである。

1. 二階女子トイレ、一番奥の個室には花子《はなこ》さんがいる
2. 下足場前の階段踊り場にある姿見に死んだ女生徒が映る
3. 誰もいない音楽室からピアノの音色が聞こえる
4. 真夜中に音楽家の肖像画の目が動く。目を合わせてはいけない
5. 理科室の骨格標本は夜になると動きだす
6. 職員室そばの階段は十二段しかないが声にだして数えると十三段になる
7. 誰も知らない。知れば死ぬ

目次

ミイラと美少女

1

〈書籍化決定！〉
〈アニメ化決定！〉
〈コミカライズ決定！〉

画面に躍るそれらの文言を恨めし気に睨《にら》みつけながら、小杉山慶太《こすぎやまけいた》は唸《うな》り声をあげた。

『ノベルの塔』は、誰でも気軽に小説を投稿できる総合サイトだ。書きたい人は無料登録すればすぐに作品を発表できるし、読みたい人はネットに接続さえすればいつでもどこでも小説を読める。

いわゆるｗｅｂ小説投稿サイトである『ノベルの塔』で慶太は連載をしていた。

連載といっても誰かに依頼されたわけではなく好きでやっている。だが完全に趣味でやっているかと問われれば、慶太に関してはその範疇《はんちゅう》には収まらなかった。

他人の成功を妬《ねた》ましく睨むその姿がそれを如実に物語っている。

「またランキング外だし、閲覧も増えない……イベントにもまったく引っかからないし」

ひとりごちるがそこまでにしておく。これ以上愚痴れば、「自分には才能がない」という結論に辿《たど》り着き、やる気を失ってしまう。

高校二年生の春。

ｗｅｂ小説家としてデビューするのを夢見る慶太は、頭を悩ませていた。

なにがダメなのか、どういうものがウケるのか、という自問自答で袋小路に陥っている。

できれば、誰かに読んでもらってアドバイスをもらいたいが、小説を書いていることを話せば当然、からかわれるのは目に見えている。

『ノベルの塔』に投稿しているのを発見されれば終わりだ。内容をコケにされ、そして人気のなさをバカにされる。たくさんの読者を獲得するには他人に頼らず自分の力で人気の底上げをしなければならない。

だが努力も虚《むな》しく一向に人気がでる気配はなかった。

書籍化やコミカライズした作品をひととおり読んでみたが、自分の書くものがそれらと遜色《そんしょく》があるようには思えない。読まれない理由がどこにあるのかわからなかった。

そして思案の結果、「こいつらはコネを使って成功してる。卑怯《ひきょう》者ばっかりだ」という結論に至る。

だがそれがお門違いだということもまた自分が一番よくわかっていた。

「くそ、なにがダメなんだ」

　今、書いている小説は学園もの。異能力バトルでライバルやヒロイン、仲間たちと学園生活を謳歌《おうか》しながら迫りくる脅威と戦う……という内容だ。

　しっかりと毎日、昼と夜の二回更新を行い、読者からのコメントにもまめに返信している。にもかかわらず、閲覧数が伸びない。

　内容には自信がある……と言いたかったが、正直なところ今書いているものが面白いのかどうかということすら自分ではわからなくなっていた。

　とにかく、ただ流れ作業的に毎日のルーティンをこなし、わずかな数字の動きに一喜一憂をする日々。こんなことを続けていても、なにも変わらないことは明白だった。

　ネットや本で売れるラノベの書き方などを勉強したが、どれも『キャラが決め手』だと書いてある。あとは魅力的な設定、世界観。そして説得力。

　どれも自分では及第点だと思っていたが、そうではないのだろうか。暗中模索の日々に悶々《もんもん》とするばかりだった。

「慶太ー、起きてるのー？」

　部屋の外から母親が呼ぶ声。

「起きてる」

「じゃあ、早く朝ごはん食べなさい」

　返事をするかわりにダイニングにやってくると、パンとスクランブルエッグ、サラダが並んだ食卓の椅子に腰を下ろした。

「なにあんた、ずっと起きてたの」

「早く起きただけだよ」

母が溜《た》め息を吐き、冷蔵庫からケチャップとミルクをだした。

「一晩中なにをしてるのか知らないけど、変なことだけはやめてよ」

「わかってるって。いただきます」

徹夜をしているとすっかりバレている。不人気を気にしすぎるあまり執筆もスランプ気味だ。親にも小説のことは話していないので、大方ゲームにうつつを抜かしているとでも思っているのだろう。

しかし眠れないほど悩むなんて自分でも思っていなかった。

軽い気持ちではじめたはずの小説にこんなにも没頭し、振り回されるなんて。

パンに嚙《か》みつきながら、ぼんやりとジャンルエラーが原因ではないかと考えた。

書店で推されているものと、『ノベルの塔』を含めた小説サイトの人気ランキングには食い違いがある。慶太はほとんど紙の本を読まない。読んでもラノベ文庫だし、アニメ化したものはアニメで済ましてしまう。

小説家は文章力ではない。これが慶太なりの信条だった。だからいくら小説を読んだところで書くことには影響しない。

「いつまで食べてんの」

母の声にハッとして歯形に齧《かじ》りとられた四角い食パンをまじまじと見た。まだひとくちしか食べていない。

いよいよ病的かな。

寝ても覚めても小説のことばかりを考えている。違う。小説のことばかり……ではなく、どうすれば人気がでるかばかりだ。

残した朝食についての文句を背中で聞き流し、玄関で靴紐《くつひも》を結びながらさらに考えた。

サイトで人気なのは、異世界転生もの、エロ、グロ、ホラー……。

書店で売れているものとはまったく違う。つまりネット発の小説には小説サイトでの独自の指標があるということだ。

その点、今慶太が書いている『学園バトルもの』はウケない部類。

「だったらなにを書く？」

〝書きたいものを書いて人気を獲得する〟という思考は、いつしか〝とりあえずヒットを作ってそれから書きたいものを書く〟という方向へシフトしていた。

駅の改札を抜け、ホームへの階段を上がりながら異世界ファンタジーは不得手なので難しいな、と思った。

通勤通学の乗客に揉《も》まれる中、エログロものも正直わからないと思った。なにしろ慶太は生まれて十七年間、女子と付き合ったことがない。エッチなものは見るには見るし興味もあるが、それで一本書くのは至難の業だ。

通学路の校門へ続く緩やかな坂を上りつつ、だったらホラーならどうだ？　と考えた。

「おお〜い、急げよ〜。早くしないと閉めるぞ」

門番をしている教師の掛け声。パラパラと周囲の生徒達が足早になりはじめた。

そんな中でも慶太の頭の中はどんなホラーなら書けそうか？　ということでいっぱいだった。

「小杉山！　お前なにやってんだ、急げ！」

「あ、はい……」

言われるまま、仕方なく駆け足で坂を上った。

「おい、そこのお前もだ！」

すぐ前を歩いていた生徒にも教師は檄《げき》を飛ばした。

物思いに耽《ふけ》りながら歩いていたためか、すぐそばにいたその生徒に気付かなかった。

ヘッドフォンを装着した金髪ショートカットの女子。すれ違いざまに見えた顔はおそろしく美しい。

「聞こえてんのかお前！　お前だよお前！」

さらに教師が烈《はげ》しくがなる。だが金髪の生徒は眉《まゆ》一本さえ動かさず、急ぐ素振りもない。

「あ……」

ヘッドフォンのせいで聞こえていないのだとわかった。

「ねえ、君。ねえ」

わざと目の前を走り、振り返りながら手を振った。

さすがにそれには気づき、金髪の生徒が顔を上げる。目が合って思わず心臓が大きく跳ねた。

「耳、それ外して」

自分の耳を指差し、ヘッドフォンを外せとジェスチャーする。すこしの間、怪訝《けげん》な面持ちだった生徒は渋々ヘッドフォンの片側をずらした。

「なに？」

「だから、先生が急げって怒ってる」

「〝だから〟ってなんなわけ」

「いやそこじゃなくて……」

もうわかった、閉めるぞ！　と半ばやけになったような怒鳴り声が響いた。周りを見渡せば坂にいる生徒は慶太と金髪生徒だけだ。

「ああもう、僕は先にいくよ！」

「あー……そういうこと」

金髪生徒は門が閉まりそうなのを認め、事情を理解したようだ。しかし、金髪の生徒はまったく急ぐ気配すらない。嘆息しながらさらに加速しようとした次の瞬間だった。

「お、おいっ！　お前、大丈夫か」

狼狽《ろうばい》に染まる教師の声。

加速しようと大きく踏みだした一歩で思わずよろめく。校門で構えていたはずの教師が猛突進してきたかと思うとたちまち慶太の横を通り過ぎ、背後の金髪少女の元へ駆けつける。

「え？」

事態が呑《の》み込めず振り返ると、教師が金髪の生徒を抱き起こしている光景が飛び込んできた。なぜか金髪の生徒が教師の腕の中でがくんがくんと揺さぶられている。

「どうした、おいしっかりしろ！」

まったく反応がなく、揺さぶられるがまま糸の切れた操り人形のように頭が揺れている。

わけがわからず、駆けだしたはずの足が止まり呆然《ぼうぜん》とそれを見つめた。

「小杉山！　職員室に行って誰か呼んでこい！」

「あ……」

こちらを振り返った教師に抱かれた金髪の生徒は、うっすらと目を開き、こちらを見つめたかと思うとおかしそうに舌をだした。

「急げ！」

「は、はい！」

2

ようやく教室に入った慶太は机に突っ伏し、大きな溜め息を吐いた。

徹夜明けのうえに朝っぱらからのひと悶着《もんちゃく》。職員室に行くのに全力で走ったため、残った体力はほぼゼロに等しい。まだ朝のホームルームもはじまっていないのにすでに帰りたかった。

せっかく煮詰まってきた（と思い込んでいる）ネタもすっかり吹き飛んでしまい、塵《ちり》ほども残っていない。それどころか体力を使ったせいでやたらと眠い。

せめて担任がやってくるまでの短い時間だけでも寝ようとした。

「おい、見たか」

すぐそばでクラスメートの声がする。

「ミイラ男だよな？」

「そうそう！　あれ、なんなんだろう」

眠りを妨げる雑音にイラついたが、その会話の内容に意識が引っ張られる。

ミイラ男？　なんの話だ。

今朝の金髪女子が倒れたことは話題にもなっていないのだろうか。

……確かに、女生徒が倒れたこととミイラ男では後者のほうがインパクトがある。こちらに話題の軍配が上がるのは仕方がない。

「ビビって二度見しちゃったよ」

「あれって不審者？」

「でも作業着着てたから、業者の人じゃね」

その会話に黄色い声が混ざる。

「あー、ミイラ男！　新しい校務員だって」

「校務員？　あれがぁ？」

クラスメートたちの驚く声に、思わず会話に加わりそうになった。ミイラ男が校務員？

なんだそれ、めちゃくちゃおもしろいじゃん！

ミイラ男への興味に眠気が攫《さら》われてゆく。突っ伏した体を起こすとスマホのメモ帳に【ミイラ男の校務員】と書き込んだ。これは使えるかもしれない。

「そうだ、今日金髪の子がいたの知らない？」

お、ようやく知っている話題だ。

男子のひとりが間抜けな調子で「金髪ぅ？」と訊《き》き返している。

「そう。今日、校門の坂で見たんだよね。金髪でごついヘッドフォンつけている女の子」

「金髪って……いくらうちの学校が校則ゆるいからって」

「そうなんだよー。でも春休み明けとかじゃないし、タイミング的に今金髪にするのって度胸いるじゃない？」

「ヤンキーだろ、普通の」

ヤンキーか……。確かにそう見えなくもない。口も悪かったし。

心で呟《つぶや》きながら、クラスメートたちの会話に耳を傾けた。

「はーい、みんな席に着きなさい」

ひとつの席に集まっていたクラスメートたちが蜘蛛《くも》の子を散らすようにして自分の席へ戻って行った。

おい、いまからが面白くなるところだったんじゃないのかよ。

胸の中で愚痴りながらメモ帳に【金髪ヘッドフォン美少女ヤンキー】と少々盛りすぎの設定を書き込んだ。

二時限目の休み時間にミイラ男を見に行った。

帽子を深々と被《かぶ》り、校舎裏の掃除をしている後ろ姿からはミイラ男なのかどうかは判然としない。それに、あちこちで話題になっていたのかミイラ男目当てらしい野次馬生徒たちも見物に来ている。

ミイラ男はその気配を感じているらしく、一向にこちらを向こうとしない。短い休み時間だから、そうしていてもすぐに終わる。慶太の予想は当たり、終了のチャイムが鳴るまでミイラ男が振り返ることはなかった。

教室に戻りながら、収穫がなかったことよりも他の連中と同じ行動をとってしまったことを悔いた。その他大勢と同じ行動をしていて、おもしろいものが書けるはずがない。

ぶつぶつとつぶやきながら慶太が教室に戻ってくると、クラス中の生徒から注目を浴びた。

「え……な、なに?」

「小杉山くん、もうとっくにチャイムは鳴っていますよ。早く席に着きなさい」

「あ、はい」

気づけば担任の府《ふ》川繁子《かわしげこ》がすでに教卓に立っている。その横に誰かがいるようだ。

席に向かいながらすれ違いざまにその誰かを見る。キラキラと眩《まばゆ》い金色の髪が目に焼き付いた。

「あ……」

目が合った。それは今朝、突然倒れた金髪の生徒。切れ長の目尻《めじり》と二重のまぶた、泣きだしそうな涙袋に、ややうすい鼻梁《びりょう》と、要するに非常に整った顔の美人。

今朝もそう思ったはずだが、これだけ近くで見ると余計にそう思った。

「早くしなさい」

府川の声に急いで席に戻った。目が合ったが反応したのは一方的に慶太のほうだけ。金髪の生徒はぴくりとも動じなかった。

朝にクラスメートの間でも話題にでていただけに、教室はざわついている。

「今日からこのクラスに転校してきた、山城光《やましろひかり》さんです」

府川が金髪の生徒の名前を紹介するが、光は無反応だった。

しばしの沈黙があり、困ったように府川が自己紹介するよう促す。

「がんばりまーす」

面倒臭そうにそう言うに止《とど》まり、厄介な性格を察したのか府川もそれ以上を求めなかった。

「じゃあ、三森《みつもり》さんの横が空いてますのであそこに座って」

府川が指差した席にのっそのっそと外見のスマートさからは想像できない、のんびりとした歩調で向かう。

「本当は今朝のホームルームで紹介するはずだったんですが、登校途中で貧血になってしまい保健室で安静にしていました。そのため変則的ですが三時限目から紹介することになりました。これからは仲良く……」

喋《しゃべ》っている途中で府川は驚いたように目を見開く。その顔に生徒たちが視線の先を追った。

光が机に突っ伏して寝息を立てている。

「山城さん、いきなり寝ない！」

「あー……さっきの貧血の余韻がいままきました。大丈夫です、すぐ治るんで。すこしこのままにしといてください」

光は突っ伏したままの体勢で弁明した。そう言われては府川も食い下がれない。

「無理しなくても保健室で寝ておけば……」

「ダイジョブでーす。続けてください」

すこし沈黙したのち、府川は諦《あきら》めたように溜《た》め息を吐いた。

そしてなにごともなかったかのように授業をはじめる。強く言えない性格の府川らしい。

「はい、じゃあ因数分解のつづき。昨日は――」

結局、光はこの時間中、起きることはなかった。

3

慶太は光のことが気になっていた。

光はとにかくコミュ力がない。いや、そもそも誰とも仲良くなろうという意思がないようにしか思えなかった。

その美貌《びぼう》から男子女子問わず声をかけられたが、なにも聞こえていないかのように完全無視。ムキになる者に対しては目の前でヘッドフォンを装着し、外の音を遮断《シャットダウン》した。むしろ清々《すがすが》しいほどのふてぶてしさ。クラスメートたちが興味を失うのは早かった。その日のうちに、彼女は早々と孤立する。

本人がそう仕向けたのは目に見えている。その証拠にすべての授業を寝て過ごした。転校初日はついに、「ダイジョブでーす。続けてください」を最後に一度も口を開くことはなかった。

なんてふてぶてしい、個性的なキャラなんだ。

ほどよく漫画のような、キャラが立った存在。すっかりミイラ男のことなど忘れていた。

その日は家に帰ってから、すぐに光をモデルにしたキャラの設定を練った。金髪にヘッドフォン、社交性・協調性はゼロで無気力。それでいて美人。

うわ、なんだこの盛り盛りのキャラ。実在の人間とは思えないぞ。

そう思いながら慶太はにやついていた。イケるかもしれない、という予感がする。

「うーん……」

だが興奮は長く続かなかった。

キャラは個性的でも、この尖《とが》った設定をどのようにホラーのストーリーに落とし込むのか。でっちあげでもバックグラウンドが必要だった。

「例えば……誰かを救うためにオバケと戦っているとか？　いや、実は本人が呪われていて、それを解くために戦っている……」

自分で言っていてハッとする。

「なんでバトルになるんだ！　そうじゃないだろ、ホラーだよホラー！」

すぐバトルものにしたがる悪い癖を振り払い、さらに考えを練る。だが徹夜が祟《たた》ったのか、考えが深くなるまえに無意識に船を漕《こ》いでいた。

次に目が覚めたのは母が夕食に呼びに来た時だった。そして、その日は夕食を摂り風《ふ》呂《ろ》に入っただけで一日が終わってしまった。

慶太はベッドの中で、訳もなく徹夜などしないと心に誓った。

ことが大きく動いたのはそれからしばらく経ったある日の放課後のことだった。

光はとにかく授業中ずっと寝ていた。教師から注意されてもお構いなしに眠る。

だが不可思議なことにテストは軒並み高得点を獲得。それだけにずっと寝ていてもうるさくは言われなかった。

金髪に関しても、慶太の学校では髪の色には規定はないが、いくらなんでも派手過ぎると注意を受けた程度だった。これについては他の生徒からも反発があったものの、高校生とは思えない眼力の鋭さでたちまち黙らせた。一体なんなんだこいつは。

時々他のクラスや学年からも光を見物に来たりしたが、すべてのコミュニケーションを断絶しているからか、それもすぐに下火になり一週間も経たないうちに誰も光に興味を示さなくなる。望み通り完全孤立になった。

だが光を小説のキャラクターとして動かしたい慶太はしきりに光を観察した。誰とも接せず、常にひとり。いつも寝ている。起きているのは通学の時だけだ。

光に声をかける度胸がない代わりに、可能なかぎり彼女の行動を観察し続けていた。

そうした日々が報われたのか、その日、光は普段と違う行動をとった。

四六時中寝ているくせに誰よりも早く光は帰る。終礼が済んで振り返ると大体いつも姿がない。忍の者かと思うほどだ。

それなのにこの日はクラスの生徒たちがみんな教室からでていくまでずっと机に突っ伏して眠っていた。いつも寝ているからなのか誰も気に留めず、たちまち教室は光だけになった。

慶太が教室の外から様子を窺《うかが》っていると、光はむくりと起き上がりキョロキョロと左右を見回す。誰もいないことを認めると、立ち上がりおもむろにカバンを持ち上げた。

光に悟られないよう、充分な距離をとって尾行《つ》ける。

内心、彼女がどこに住んでいるのか知るチャンスだと思った。だが慶太の思惑に反し、光はすたすたと下足場を横切ってゆく。

「どこに行くんだ……？」

職員室か、それとも保健室か。

用事があるとすればそのふたつしかない、と思ったが光はそのどちらにも寄らなかった。迷いなく進む後ろ姿を細心の注意を払いながら尾行ける。

やがてある部屋の前に立ち止まると躊躇《ちゅうちょ》なくドアをノックする。

「あれって……」

ドアが開く。そして招き入れられて光は部屋の中へ消えた。

そこは校務員室だった。

緊張で息苦しくなる。どういうことだあれは？

まさか、光とミイラ男はデキているのだろうか。慶太の頭の中に妄想が広がる。そのどれもがピンク色に染まっていた。

あんな美少女が、あんな醜い包帯ミイラ男と――。

まさに美女と野獣。ふたりだけの秘密を自分だけが知ってしまい、興奮と緊張、それに背徳感のような感情で落ち着きを失くしていた。

しかしそんな妄想を一笑するように再びドアが開き、今度はふたり揃ってでてきた。

部屋であれこれ、ということはなかったらしい。

だがふたりがデキている、という線はまだ捨てられなかった。アイコンタクトでうなずき合う姿は親密な関係である証左だ。

「でもどうしてあのふたりが……」

考えてみると確かに光が転校してきた日とミイラ男がやってきた日は同日だ。しかし、だからといって、このふたりに共通点があるだろうか。

接点があるほうがおかしい。まさか、ふたりとも光の前の学校で一緒だったのか。

「あり得ないこともないのか……？」

わからなかった。校務員と一緒に転校してくることにどんなメリットと意味があるのか。

不可解だが現に目の前でふたりが一緒にいる。

「確か、ミイラ男は二《に》ノ《の》宮《みや》って人だったよな」

当たり前だが全然ピンとこない。二ノ宮なんて名前の人間で知っているのは芸能人くらいだ。

「でも……面白い」

思わず口にだしてしまうくらい興奮していた。ミイラ男とコミュ障美少女、どんな組み合わせだ。こんなの、自分には絶対思いつかない。

興味は好奇心に姿を変え、もはや慶太は後に引けなくなっていた。あのふたりがこれからどうするのか、見届けないと気が済まない。

　ふたりはこちらに向かって歩きだした。見つかったのかと思い肝を冷やしたが、そうではなく階段を上るためだったようだ。なんとか見つからないよう隠れながら、ふたりの後をついてゆく。

　二ノ宮が前を歩き、光は相変わらずのっそのっそとふらつくようにして後ろにつづいた。それにしても光はなぜあんな歩き方をするのだろうか。まるで酔っぱらっているようだ。

「ニノぉ～まだなわけぇ～？　うち、疲れてんだけど」

「もうちょっと辛抱してくださいよ、もう着きますから」

　誰もいない廊下だからふたりの声も響いてよく聞こえる。光が「ニノ」と呼んだのは二ノ宮のことか。相当に親しい仲らしいが、なぜ二ノ宮は光に敬語なのだろう。

「着いたっすよ、ここです」

　そうこうしている内に到着したのは二階のトイレだった。トイレになんの用が？　と思いつつ見守った。

「女子トイレ、男子トイレ、どっち？」

「どっちでもいいっすよ」

「あっそ、じゃあこっち」

　そういって光は女子トイレに入った。躊躇もせずニノもつづく。その隙にさらに距離を縮め、慶太は男子トイレの中に身を隠した。

　コン、コン、コン

——ノック？

なぜ女子トイレからノックが聞こえるのだろうか。憶測を重ねるがどれも説得力に欠けた。

「花子さん、遊びましょ」

背筋が凍り付いた。

いま、なんて言った？

コン、コン、コン

「花子さん、遊びましょ」

もうやめろ！

叫びだしそうになった。考えるまでもなく、あれは【トイレの花子さん】だ。二ノ宮と光がふたりきりで、トイレの花子さんを呼びだしている。

昼間、誰かの話で聞くぶんには笑えるが現場はそれどころではない。花子さんの存在も怖ろしいが、花子さんを呼びだそうとしている行為自体が異常だ。

一体なんのためにそんなことを——。

『はぁ～あい』

女子トイレから聞こえたのは、二ノ宮のでも光のでもない、女の声だった。毛穴から小さな虫が皮膚を突き破って飛びだすような、衝撃的な悪寒。

ふたりに音を聞かれないよう注意しながら、男子トイレから飛びだすと走って逃げた。

なんなんだ一体……なんなんだよ！

4

　スピーカー越しからでもわかるほど、呆《あき》れたような、馬鹿にした声音が耳奥に突き刺さる。

『はあ？　トイレの花子さん？』

　従兄《いとこ》の半戸《はんど》剛介《ごうすけ》は三つ年上の二十歳。動画配信で生計を立てて……はいない。が、そこそこの収入にはなっているらしい。

　本人曰《いわ》く、ブレイクの兆しがあるので今年中にはバズる——予定とのこと。

『お前さー、ネタ提供するとかいうから聞いてやったのに、今どき中学生でも反応しない幼稚なことを、よくこの俺に話せたね』

　そう言ってあひゃひゃ、と下品に笑う。

「笑いごとじゃないよ。それに本当に聞いたんだ、花子さんの声を……」

『は〜い、ってか？　そんなのいくらだって説明つくだろ。そのふたりはきっとあれだ、お前がそこにいるってわかっててさ、ビビらそうとしてそういうことしてたんだよ』

「そんなこと……」

　ない、とは言い切れない。だがあの時、ふたりはこちらに気付いている素振りは見せていないように思えた。ただし、それが芝居でなければ。

『でも、そのふたりは確かに興味深いね。慶太の話が本当なら、なにが目的か全然わからん』

「そうでしょ！」

『しかしまあ……まさかこの俺、〝ハンド〟が追いかけるほどのネタかね〜』

〝ハンド〟とは、動画配信者としての名前だ。チャンネルの登録者数は緩やかな上り坂を描きつつ、徐々に増えている。

両親は大学にも進学せず、動画配信に没頭している息子に嘆いているが、そんなことはお構いなしにハンドは我が道を突き進んでいる。

とはいえアルバイトをしながらの活動で自立もしている。慶太は内心ではハンドを尊敬していたし、慕ってもいた。身近にいる〝好きなことで生きている〟体現者だ。

『でも女の子のほうは超かわいいっていうじゃん、それならこの俺でも悩むなぁ』

軽薄で女好きなところを除けば……だが。

「ねえ、頼むよハンド。一回でいいからさ、付き合ってくんない？」

『でもこの俺はお前んとこの学校の卒業生とかでもないし、学校に忍び込むなんてできねーよ。いくら超かわいい子の追っかけだとしても』

「そこをなんとか！」

慶太がハンドに頼み込んだ内容とは、『学校に忍び込んで一緒にふたりを尾行してほしい』ということだった。当然、ハンドは難色を示したが興味も捨てきれないという反応だ。

　だが慶太は知っていた。

　ハンドもまた動画の新しいネタがなくマンネリに悩んでいることを。

　自分も小説で悩んでいるだけにハンドの悩みも手に取るようにわかる。だからこそ、ハンドの力が必要だった。

「見回りの校務員本人を尾行《つ》けるんだから僕たちが一方的に見つかることはないよ。仮に見つかったとしても、ミイラ男本人も山城を連れ回して放課後の校内を徘徊《はいかい》しているんだ。咎《とが》められる筋合いはないし」

『けしからんやつだな！　放課後の校舎にかわいこちゃんを連れ回すとは！』

「いや、そういう話じゃなくて」

『わぁーってるよ。ま、校内を撮影してもそこがどこの高校だか特定さえされないよう編集すりゃいいし』

「そうだよ。だから安全だと思う」

　これを逃したら夜の学校に忍び込むなんて二度とできないと思うよ、とさらにダメ押しをしておく。電話の向こうでハンドの唸《うな》り声が聞こえた。あとひと押しだ。

「それに……撮れるかもよ。オバケ」

　声こそださなかったが電話の向こうでハンドの空気が明らかに変わった。

ハンドの動画チャンネルは、【肝試し専門チャンネル】だ。心霊スポットや廃墟《はいきょ》、曰く付きの場所などに赴き、自ら撮影をしながらリポートをする。

ベタといえばベタだが、コンセプトがわかりやすいのでそのぶん再生数も稼げる。ハンドにはそこその収入があり、年内にバズるかもしれないと豪語しているのもあながち大げさではないのだ。

それだけにネタの枯渇とマンネリ化は問題だった。ここが正念場、それはハンド自身が身に染みて自覚しているはず。

現に登録者数は増えてはいるがここ最近、伸びが悪い。

『謎の美少女に学校の怪異か……。ネタとしては最高だな。よし、この俺が今回だけお前を信用してやる。で、いつだ？』

心の中でガッツポーズを取りつつ、それは声にださないよう努めた。

「明日《あした》から土日だし、週明けでどう？」

『月曜日か。全国民が一週間でもっとも油断する日だな』

休み明けだからね、と笑うとハンドも笑った。

月曜日の放課後、学校で待ち合わせることにした。ただし、この日に光が動くとは限らない。だから急な中止もあり得ると補足しておいた。

『了解。ま、その辺はなんなりと融通利かせるさ。なんてったってこの俺は』

ハンドの口上を聞き流しながら、ハンドのフットワークの軽さはありがたいと思った。

土曜日も日曜日も過ぎ去るのは一瞬だ。瞬く間に終わり、また長い一週間がはじまる。この不可思議な体感時間の妙は、全人類が感じていることだろう。

だが今週に限り、土曜日曜は過ぎ去るのがやけに遅かった。なぜならば月曜日がこれほど心待ちなことなどないからだ。

あの日感じた得体の知れないふたりの行動に対する恐怖は、時間と共に興味へと姿を変えた。興味とはイコール小説のネタだ。

体はあの時の寒気を覚えている。ひとりで光たちを調べるのは耐えられないが、今回はハンドもいる。

——見とけよ、お前らがやっていることを暴いてやるからな。

机に突っ伏して寝息を立てる光を横目に、にやつく口元が止められなかった。

小説のネタノートにもしっかりとあの時の出来事を記してある。あとはさらなる展開を追いかけるだけで、どんどんプロットは出来上がっていく。

どうしよう、書籍化待ったなしじゃん！

ノベルの塔の週間ランキング。急上昇の赤丸がついた『ケイタロン』（慶太のペンネーム）がトップ圏内に浮上した画《え》を夢想して、さらにやる気が湧いた。

早く夜が来てほしい。いや、そのためには光たちに今日、動いてもらわなければ困る。

そんな慶太の期待を知るはずもなく、光は気持ちよさそうに寝息を立てるのみだった。

そうして待望の放課後がやってきた。

雑然とした教室ではクラスメートたちが下校を誘い合ったり、部活の準備で忙《せわ》しなくしている。その中でひとり、光は机で眠っていた。

はやる気持ちを抑え、教室からでていく振りをする。そしてそのままクラスメートが教室からいなくなるのを待った。

やがてひとりになった光が立ち上がり、前と同じように誰もいないのを認めて教室をでていく。

——キタ！

スマホを取りだし、『決行！』とだけ打ち込んでハンドに送った。ハンドにはあらかじめ学校の制服を渡してある。仮にほかの生徒と鉢合わせしたとしてもハンドが在学生でないこと、いやそれどころか本当は二十歳だということすら見た目だけではわからないだろう。

それにしても……放課後の学校は厭《いや》に静かだ。文化部も活動をしているはずだから、こんなにもひと気がないのは気味が悪い。

そういえば前にふたりを尾行けた時もそうだったような気がする。

校舎裏に死角があり、時々不良たちがたむろしている。いくつか用意した校内の侵入経路のうちのひとつだ。

ここは期待薄かと思ったが運よく不良はいなかった。喜ぶべきだがなぜか気味が悪い。

『ルートA確保』

胸の内に滞留する胸騒ぎを抑え、メッセージを打つ。すぐにOKとアニメキャラのスタンプが返ってきた。

校舎裏の死角にはフェンスがあり、そこを乗り越えれば簡単に外にでられる。教師に発見されたらいち早くここから逃げられる、という算段だ。そういう理由もあって不良たち伝統のたまり場らしい。

逆に言えば、フェンスを乗り越えれば容易《たやす》く校内に侵入できるということでもある。

背丈より高い、二メートルほどのフェンスを見上げながらひと気のない校舎に不安を感じた。まるで校舎が生きた巨人で、無言で見下ろしているような……不安の胸騒ぎ。

バカげた妄想だとわかってはいるが、もしもこの妄想が現実のものだったら。そう思うと後ろを振り返ることができなかった。

——なんだろうこの厭な感じ。

だれもいないが、いつも通りグラウンドからは運動部の声が聞こえてきている。この周囲にひと気がないというだけで、学校には大勢の生徒がいるはずだ。それなのにどうしてこんなにも孤独感が強まるのか、慶太には理解ができなかった。

「……えっ」

人の気配が恋しくて、グラウンドの声に耳を傾けた時だった。運動部の掛け声だと思っていたその内容に強烈な違和感を覚えた。

「おっす、お待たせ」

制服を着たハンドがやってきた。思った通り在校生にしか見えない。ハンドは軽快にジャンプをするとフェンスにしがみつく。

「やっぱりバッチリだね」

率直な感想を口にしながらハンドがフェンスを乗り越えるのを見守った。

「そんで美少女と野獣ってのは？」

「今は校務員室に行ってると思う」

「よし、いい感じじゃん」

そう言いながら自撮り棒を取りだしてスマホをセットした。

「先生にだけは見つからないようにしてよ」

「バカ、そのためのお前だろ」

「そうだけど、あんまり目立つことされるとカバーしきれないし」

任せとけって、と楽観的にハンドは笑う。

話を持ちかけた時の難色はどこ吹く風、ハンドは乗り気だった。

「どもっ、ハンドパワー全開！　この俺、ハンドでっす」

スマホのカメラに向けて自己紹介をしはじめるハンドを前に慶太は慌てた。

「ちょ、困るって！」

「今日は特別ゲスト～、高校生ラノベ作家のケイタロン～」

「え、ええっ」

突然カメラを向けられて、じたばたしてしまった。これではこっちが挙動不審者だ。

「今回はなんと、緊急企画！　現地潜入！　学校の噂を検証してみた！」

「こ、声が大きいって」

「という感じでケイタロンはさっそくビビってるわけですけども」

そう言いながらハンドはぐるりと体ごと一周する。

「ここはオバケがでるという噂の某学校でございます～。極秘に潜入しました！　情報提供者はこのケイタロンでして……。今日検証する噂とはズバリ」

「学校に潜伏する邪教徒の存在！」

ハンドはセンセーショナルにタイトルコールをした。

「あ、あと金髪美少女ＪＫをミイラ男から救え！　も」

邪教徒とはなんだ？　はじめて聞く言葉に慶太はさらに戸惑う。

「どうやらですね、ケイタロンの話によると、ここの学校にでるオバケ……を操っている影の存在がいるそうで」

そこまで聞いてピンときた。つまり二ノ宮を『オバケを操る黒幕』として追いかけようということなのだ。そして光は囚《とら》われている美少女という謎設定。だからって邪教徒って。

「――というわけで、早速そのミイラ男を追ってみようと思います！」

ハンドは今回の趣旨を簡単に説明したあと、一旦《いったん》カメラを切った。

「なんか色々初耳なんだけど」

「盛り上がるようにこの俺が演出しただけっしょ」

「でも学校撮ったり、潜入したとか言ったり、僕のことだって……」

「大丈夫だよ。あとでいくらでも編集できるし、下のほうに〈学校に許可は取ってます〉って注釈いれておけば問題にならないし。仮にこの俺が捕まったとしても動画を公開しなければいいだけのことだ」

「本当かなぁ」

ここまできてハンドに相談したことを後悔しはじめていた。ミスキャストだったかもしれない。

ハンドは再生数を稼げるためならばある程度過激なことも躊躇《ちゅうちょ》しない気がしてきた。

そこそこの登録者数を誇るハンドだから、動画についてはもうすこし慎重にやってくれると思っていたが、甘かったのかもしれない。

ノリノリで校内を撮りまくるハンドの姿に不安を覚えた。

さらにそれとは違う種類の胸騒ぎ。厭な予感は依然消えない。

「よし、行こうぜ」

「う、うん……」

だがいまさらあとには引けない。気持ちを切り替えて今はふたりを追うしかなかった。

学校の七不思議

1

胸騒ぎは治まるどころか渦を巻いて不安を掻《か》きまわしていた。

緊張してんのか、と揶揄《からか》うハンドにも反応できないほど無口になる。

「厭な予感がするんだよ」

と言ってみたが、案の定笑い飛ばされただけだった。

「そもそもこの俺に話を持ってきたのはお前だろ」

言われなくてもわかっているだけに、やめようとは口が裂けても言えない。

校内に足を踏み入れると異様な光景があった。

「おお、ラッキー」

ハンドは喜んだが慶太は息を呑《の》んだ。

一見、なんの変哲もない校内の景色だったが、慶太から見ればまるで違うものだった。

人がいない。人の気配がない。ここまでくればもう完全におかしい。

この時間に生徒がひとりもいないなんてことはあり得ないのだ。

「人がいなすぎるよ……」

「なに言ってんだ、ブラスバンドの音だって聞こえてくるじゃんか」

ハンドは気にも留めていない様子でスマホでの撮影に余念がない。

確かに——吹奏楽部の金管楽器の音が聞こえる。それを思えばひと気がない、というのは考えすぎなのかもしれない。

だが……この音はラッパ……？

「これってトランペットかな」

「え、わかんねーよ。サックスとかオーボエとかそういうのだろ」

違う気がする。

慶太も楽器に詳しくはないが、聞こえてくる音は吹奏楽部が扱う類《たぐい》のものではないような気がしていた。たとえるのならそう、昔の戦争映画などで聴いた軍隊ラッパに似ている。

「なにしてんだよ、行くんだろ。この俺を案内しろよ」

「あ……ごめん」

ハンドに急《せ》かされ、考えるのを中断する。気を取り直して校務員室へと向かった。

最初こそ、怪しまれないよう自然を装いながら歩いていたが、誰ともすれ違わないどころか人影すらないので、次第にハンドの振舞いに遠慮がなくなってゆく。

慶太のほうは人の姿ばかりを目で探すようになっていた。むしろ見つかってもいいから、ここに自分たちだけでないことを確かめたい。安心したいという気持ちがむくむくと大きくなってゆく。

「あそこだよ」

そんな気持ちのままやってきた校務員室だったが、そこもまた人の気配を感じられなかった。念のためドアに耳を付けて中を探ってみるが、人の話し声も生活音のようなものもなにも聞こえなかった。

「もう部屋をでたあとみたいだね」

「マジかー。くそっ、これじゃどこにいるかわかんねえじゃん」

ふたりが校務員室にいなかったのは、ここへやってくるまでに時間がかかったからだろう。ハンドはあちこちと小声で実況しながらスマホのカメラで撮影しながらだったし、慶太も特にそれを咎《とが》めなかった。

ある意味、校務員室に誰もいなければこの企画は中断するかもしれない。当初の目的との矛盾を感じながらも、慶太はどこかそれを期待するようになっていた。

「今日はもうここまでにしとく？」

「は？　バカ言うなよ。ここにいないってことは『花子さんのトイレ』に行ってるかもしれないってことだろ。ＧＯだろＧＯ」

言うだけ無駄だった。観念して二階のトイレへと向かった。

二階はさらに異様な空気が立ち込めていた。これまでとうって変わって人の気配があちこちからする。

それなのに——人の姿は一切ない。息遣いや視線を感じるのに誰もいないのは気味が悪かった。

とにかくトイレに行ってふたりの姿がなければ、なんとかハンドを説き伏せるしかない。これ以上は無駄だ、どこにいるかわからない、また日を改めよう。

頭の中で説得するための言葉をいくつも用意する。

そして心からあのトイレにふたりがいないことを願った。

「誰もいないようですねー、ミイラ男の目当てはここじゃないのかな。おのれ、姫はかならずこのハンド様が助ける！」

トイレの中を調べるハンドの実況。トイレに異変がないとわかったこのタイミングしかない。ここでハンドを説得して——。

『なにして遊ぶぅ？』

時間が止まり、世界が凍り付いたかのように静まり返った。

ハンドが「今、なんか聞こえた？」と誰にでもなく問いかけている。

さらにじっとして、沈黙の時間が漂う。それ以上はなにも聞こえることはなかったが、確かにさっき『なにして遊ぶぅ？』と聞こえた。そしてそれは慶太があの時聞いた、花子さんの声と同じものだった。

「か、帰ろう！」

「バッカ、なに寝ぼけたこと言ってんだよ。これからが本番だろ」

　不可解な声に対する反応が真っ二つに分かれる。ここから逃げたい慶太と、さらに好奇心を焚《た》きつけられ「ミイラ男たちを捜そう！」と息巻くハンド。

「やだよ、帰ろうってば！」

「頼りないこと言うなって、いくぞ。ほら！」

　怯《おび》えて弱る慶太は興奮しているハンドに引っ張られるようにしてついていくしかなかった。

　人の気配がするのに誰もいない。それなのに得体の知れない声はする。そんな場所にひとりで置き去りにされるくらいならば、鼻息荒くトイレを飛びだしたハンドについていくしかなかった。

　すっかり興奮で周りが見えなくなっているハンドはベラベラとスマホに向かってしゃべりながら、慶太のことも気にかけず先へと進んでいく。

「ま、待ってよ！」

「どの学校にもオバケがでるっていう噂はありまして――」

　ダメだ。まったく聞いていない。

　というより、周りが見えないほど捜索に没頭しているハンドのことも異様に思えてきた。瘴気《しょうき》のような空気にあてられているのではないかと思うだけで恐ろしくなり、ハンドに声をかけられない。

　ネタ探しのための軽はずみな試みだったが、ここまで底怖《お》じすることになるとは考えてもみなかった。いまはただただ帰りたい。

「ハンド！」

「旧校舎っていうのが学校怪談の鉄板ネタで、そういうのって大体――」

「ハンド！」

　異常な速度でハンドは進んでゆく。次第に距離を開けられ、慶太はついていけなくなっていった。

　走らないと追いつけない、そう思った矢先、ハンドは突然階段を駆け上がった。

「ちょっと待って！」

　必死であとに続き、階段の踊り場まで上がり切る。すぐにハンドは折り返しの階段を一段飛ばしで駆けあがっていく。なぜそこまで急ぐ必要があるのかわからなかった。

　遅れて慶太が踊り場を折り返した時、ふとそれが目に留まった。

　踊り場には身だしなみの確認のため姿見が置いてあった。だが普段から見慣れている姿見に異変がある。立ち止まり、その異変の正体を確かめようと姿見に近づくと目を凝らした。

　姿見の鏡面に、うつむいて髪が垂れた女生徒が立っている。

「うひゃあっ！」

あまりの驚きに足がもつれて、尻餅《しりもち》を突いた。

「ハ、ハンドぉ！」

切実な叫びは届かず、ハンドはぶつぶつと実況しながらたちまち姿を消してしまう。

姿見に映った女生徒は髪を垂らして顔が見えないまま、ゆっくりと右手を持ち上げて手招きをする。

「ひ、ひぃぃっ！」

全身の毛穴が開き、体が収縮する。自分が立っているのか座っているのかすらわからないほど慶太はパニック状態だった。

姿見の女生徒はゆらゆらと微《かす》かに揺れていて、手招きする手は凍っているように青白い。生きている人間でないのは一目瞭然《いちもくりょうぜん》だった。

『♪～』

「はっああ……っ！」

遠くからピアノを弾く音が響き、声にならない悲鳴を上げた。途切れ途切れに奏でられるメロディは次第に力強い旋律に変わり、心臓に響く。聞き慣れないそのメロディは軍歌の一種のようだ。

逃げたい！　という本能が口をパクパクとさせ、手足をじたばたさせる。まるっきり思った通りに体が動けず、焦りだけが募った。死ぬ、と思った。

そして、ばたつかせていた手が不意に宙を掴《つか》み、次の瞬間、荒々しく世界が何周も回転した。体のあちこちに衝撃が走り、痺《しび》れとともに世界は制止した。

しーん、という音が聞こえてきそうな静寂の中でゆっくりと体中に痛みがやってくる。

「痛《い》った……！」

ようやくでた声は掠《かす》れている。じんじんと痛む腰を擦《さす》る。

「おい、大丈夫か！　階段から落ちたのか」

すぐに誰かが駆け寄ってくると、手を差し伸べながら声をかけてくれた。

「わあっ！」

反射的に差し出された手を振り払い、全身の痛みもかまわず後ずさった。

「なんだ？　どうしたんだよ。怪我はないのか」

「ひいっ！」

顔を上げてさらに声を上げた。目の前には顔を包帯でぐるぐるに巻き、帽子をかぶった大男がいて、こちらを覗《のぞ》き込んでいたのだ。

「いや、そういう反応には慣れてるけど……いま、そんな状況じゃないだろ」

「に、二ノ宮……」

ミイラ男・二ノ宮は目を丸くして「呼び捨てかよ」とおどけた。

その反応に驚いて、二ノ宮のミイラ顔をしげしげと見つめた。包帯は新品なのか、真っ白だ。異様な面持ちの割に清潔な印象だった。目と口元だけが露《あら》わだが、不思議と表情がわかる。矛盾しているが、恐ろしい顔に優しい目がついているようだった。

「す、すいません。あの、大丈夫ですんで」

「無理するな、保健室に行くか？　まだ先生は帰ってないと思うが……」

「あの、それより……その」

二ノ宮の周囲を見回した。

「…………山城は」

ぴくん、と二ノ宮の肩が動いた。そして探るような目つきに変わる。

「い、いやなんでもないです！」

咄嗟《とっさ》に立ち上がり、下足場へ走った。あちこち痛かったが、深刻な怪我はなさそうだ。

ハンドのことは気になったが、今日はこのまま帰ることにした。あとで大目玉を喰らいそうだと思ったが、「ミイラ男に捕まった」といえばなんとかなるだろう。

スニーカーを履き、外にでると広がった光景に棒立ちになった。

いつもの日常があった。野球部の部員たちが檄《げき》を飛ばし合い、金属バットの甲高い音が空に飛んでいる。陸上部が筋トレにカウントの声をあげ、扉が開放されている体育館からは女子バレー部の掛け声が聞こえてくる。

頭上の教室からはトランペットやフルートの軽妙なメロディが響いてきて、今までいた校舎が異世界だったと錯覚する。

「どうなってるんだ……」

あれが異世界だったなんてバカげている。

幽霊のようなものは確かに見たが、それ以外は校舎にひと気がなかったくらいだ。決定的なものではない。ただ今は混乱している。それだけだ。

「でもあの幽霊は……」

鮮明によみがえる踊り場でのあの恐怖。まだ体中がじんじんと痛む。

「ごめん、ハンド」

ここに一秒たりともいたくないことは変わらない。慶太はハンドに届かない謝罪を残して、学校から去った。

2

ハンドに連絡する気になれなかった。

どう考えても怒っている。もしかすると誰かに見つかってしまったかもしれない。だが学校では特に部外者が校舎に忍び込んだという話は聞こえてこなかった。どちらにせよ、置き去りにしたことには変わりないのだ。怒っていないはずがない。あちらから連絡がないのがその証左だった。

大火事になる前に自分から謝っておくのが賢明だ。だがなんといって謝ればいいのかわからなかった。

置き去りにしてごめん、とでもいうつもりか？

置き去りにした自覚があるくらいなら逃げるな、そもそも今回の企画だってお前が言いだしたことだろ。あらゆる反論の矢が飛んでくるのが目に浮かぶ。

遅かれ早かれ避けては通れないとわかっていつつも、いざ謝ろうと思うとスマホに置いた指が動かない。ここしばらく、慶太はじっと過ごすしかできないでいた。

なにかにとり憑《つ》かれたかのように三階へと駆け上がってゆくハンドの後ろ姿を思いだすと、あの時の怖気《おぞけ》がよみがえるのだ。

結局、勉強机に置いたプロットを書き留めるためのノートは閉じたままだ。とても今は煮詰める気になれない。

味わった恐ろしい体験は意識していないのに勝手に脳内で再生される。トイレの花子さんに、姿見の女子高生、ピアノの音……。

まるで学校の七不思議じゃないか。

手垢《てあか》がつきすぎた、小中学生しか喜ばなそうなネタにノベルの塔で人気がでるはずがない。いくら体験したからといってバカ正直にプロットに落とし込むことができないでいた。

元はと言えば光と二ノ宮の特異なキャラクターを掘り下げようというところからはじまった。あのふたりに興味さえ持たなければ、実はもっとスムーズにプロットが仕上がったのかもしれない。所詮《しょせん》たらればだが。

ノベルの塔もあれからログインしていない。今は小説を書く気が起こらなかった。

小説の更新は一日、二日すっぽかせばたちまち読者は離れるし、そんな状態でランキングに入るわけもない。それ以上に今書いている学園バトルものに注力する気になれなかった。

学園バトルものに需要がないことはわかっている。それなら書くだけ無駄だ。

だったらそのホラーはいまどうなっている？

そこに行きつくたび、考えはふりだしに戻った。ぐるぐると周回しているだけで進展がない。とにかく早く復活して、ホラーものを仕上げなければ意味がない。

「慶太ー」

母に呼ばれ、気の抜けた返事をする。

「あんたに電話だよー」

「電話？」

怪訝《けげん》に思った。自分に用がある人間がどうして家の電話にかけてくるだろうか。

一瞬、ハンドかと頭をよぎったが、ハンドこそスマホに連絡してくるはずだ。

「誰から？」

「半戸のおばさんだよ」

聞いて心臓が止まりそうになった。

「ど、どうして？」

「なんか、剛介くんのことで聞きたいことがあるんだって」

剛介……ハンドのことだ。胸騒ぎを覚えながら、受話器を取った。

「もしもし……」

『慶太くん、ひさしぶりぃ。いつ以来だっけ？　お正月だったかな』

「彩芽《あやめ》姉ちゃんの結婚式の時以来だよ」

『そうだっけ？　そっかー、元気してたぁ？』

　ハンドの母である叔母《おば》の、あっけらかんとした口調に張り詰めていた気持ちが和らぐ。深刻に考えすぎていたのかもしれない。

「僕になんか用？」

『あっ、そうそう。そうなのよ、慶太くんうちのバカ息子のこと、なにか知らない？』

　撫《な》でおろしたばかりの胸が張り裂けそうに跳ねる。

「ど、どうしてそんな」

『あの子とここ数日連絡が取れないのよ～。便りがないのは元気な証拠って、わかってるんだけどねぇ。あのバカ息子、あんまりしつこく連絡すると怒るから』

「あの、連絡が取れないっていうのは」

『電話もメールも無反応でね、既読もつかないし。彩芽に様子を見に行ってもらおうとも思ったんだけど、ほら名古屋《なごや》に嫁いだでしょう？　だから頼めなくって』

「僕もハンドのことはちょっと……よくわからないっていうか……」

『やだぁ～。慶太くんまでそんな名前であの子のこと呼ばないでよ～。余計調子づいちゃうでしょう？　そうなの、あの子がバカみたいに動画で食べていくとかなんとか言うようになってから、なにやってんのか全然わからなくて』

「じゃあ、そういうことで……」

用件は終わりだ、と電話を切ろうとした。これ以上ハンドのことは話したくなかった。

『あ、待って慶太くん！　だからね、悪いんだけど剛介の家に行って様子見てきてくれない？　私が気にしすぎだってわかってるんだけど、元気だってわかればそれでいいから！』

「えっ」

事情を知らない叔母に対し断る理由がない。渋りすぎると不審に思われかねないので仕方なく引き受けた。

翌日、慶太はハンドが住む町へやってきた。

慶太が住む町から駅四つぶんしか離れていないため、悩む気持ちとは裏腹にあっけなく電車が着いてしまった。

ハンドが住んでいるマンションへ歩きながら、『連絡が取れない』という叔母の言葉を思い返す。連絡が取れない、というのはどういうことだろうか。

まさか、家に帰っていない……なんてことはないよな。

頭をよぎる思いを打ち消し、自分なりに納得のいく答えを導こうと努力した。そんな都合のいい答えはでるはずもなく、ハンドのマンションに到着してしまう。

部屋までやってくると余計に混乱した。

「なんだ、これ……」

ハンドの部屋のレターボックスから郵便物がはみだし、ドアの脇には宅配の荷物が置きっぱなしになっている。誰がどう見てもしばらくの間、留守なのがわかる。

もっとも恐れていたことが起きていた。呆然《ぼうぜん》と立ち尽くす慶太の脳裏に残酷な現実がのしかかる。

――ハンドはあの日から帰っていない。

「そんな……」

じりじりとあとずさった。目に映っているものが幻だと思いたかった。

「そんなわけない！」

このまま来た道を帰ってしまいそうな足を無理に前進させ、思い切ってドアを叩《たた》いた。

「ハンド！　僕だよ、慶太！　帰ってるんなら開けてよ！」

何度もドアを叩き、インターホンを押す。それを繰り返した。ノブも回してみたがびくともしない。次第にやけくそになり、慶太は一心不乱にドアを叩きハンドを呼びかけた。

「うるせえな、そこのやつは何日も帰ってねえよ！　警察呼ぶぞテメェ！」

騒音に耐えかねた隣人がドアを開け怒鳴った。

「す、すみません！」

　スキンヘッドでムキムキの隣人に驚いて脱兎《だっと》のごとく逃げだした。

　マンションの階段を駆け下り、来た道を全速力で戻ってゆく。心臓がバクバクと肋骨《ろっこつ》を衝《つ》き破らんばかりに跳ね、心拍数が上がって汗が噴きだすのに体は全然熱くならない。

　あれから何日だ？

　正確に振り返ることができなかったが、少なくとも一週間は経っていた。二週間は経過していないように思う。

　つまり十日は経っているということだ。

　それだけの間、ハンドは帰ってきていない？　信じたくない事実だった。

「どうしよう……どうしよう……どうしよう！」

　気づけば汗と一緒に涙が噴きだしていた。自分のせいでハンドがいなくなってしまった。まさか、死——

「うわあああ！」

　最悪の想像を吹き飛ばさんと、慶太は叫んだ。

3

「小杉山くん、最近どうしたの」

担任の府川が心配の面持ちで慶太に声をかけた。

「いえ……別に」

「悩み事があるなら先生に相談していいのよ、ね？　聞かせて」

「本当になんでもないです」

府川は納得していない顔でこちらを覗《のぞ》き込むと、やがて諦《あきら》めて教卓へと戻った。

クラスメートの何人かが慶太の様子を窺《うかが》いながら、ひそひそと噂話をしている。

府川やクラスメートだけではない。家では母が慶太の身を案じていた。それもそうだ。食事はろくに摂《と》らず、ほとんど寝ていない。当然、小説を書くなど論外だったし、ゲームも遊びも皆無だった。

ただ、パソコンにかじりつき、学校の怪談について調べていた。だがどれだけ調べたところでハンドが帰ってくるきっかけになりそうなものには辿《たど》り着けない。

調べれば調べるほど虚《むな》しくなり、ハンドがさらに遠くへ離れて行く気がする。それを認めたくなくてまた調べる。結局、慶太は〝調べる〟以外の選択肢をもっていなかった。

ふと教室の中で目を移す。光が机に突っ伏して眠っていた。

……あいつさえいなきゃ。

お門違いの恨みが光に向く。わかっているがどうしようもなかった。

「あの、先生」

府川を呼ぶと暗い表情が明るくなった。

「小杉山くん、話してくれる気になった？」

「踊り場の姿見って、なにかあるんですか」

明るくなった表情が困惑の色に変わる。府川は「どういうこと？」と首を傾げた。

「いえ、あの……」

バカバカしいな、と思った。教師相手に一体なにを言っているのだ。

しかし、本調子でない慶太は歯止めが利かなくなっていた。

「あそこ、幽霊とかでるのかなって」

「幽霊？」

府川は目を丸くし、なにかを言おうとしたが慌てて止めたような素振りを見せた。そして、すこしうつむき思案しはじめる。

「たとえば、そういうの視《み》えたりするの？」

「そういうのって」

「幽霊……とか」

視えないほうだと思っていたが、あの時踊り場でしっかりと視たことを思いだし、曖《あい》昧《まい》にうなずく。

府川はその反応を見て、考え込むように目を閉じた。

「こういうの、話していいのかわからないんだけど……立場的に」

そう前置きをして府川は意を決したように慶太を見つめ返す。

「学校の七不思議ってあるじゃない？　この学校にも昔からそういわれてるのがあって」

思わず息を呑《の》み込む。光たちが行っていたトイレの花子さんは、紛れもなく七不思議の代名詞だ。

「七不思議って……どういう」

「聞いたことくらいはあるでしょ？　実は私、ここの卒業生なの」

おっとりしたタイプの府川の年齢は、確か四十歳前後だった。いつだったか「どうせアラフォーですよ」と自虐的に言っていたのを覚えていた。

とすれば二十数年前からすでにこの学校に七不思議の噂があったということになる。

府川は七不思議の内容について次のように話した。

「七不思議なんて、どこの学校にも必ずあるって言っても過言じゃないし、珍しいものでもないと思うけど……。私がここの生徒だった時から今までずっと絶えることなく囁《ささや》かれているのよね。ひとつめはトイレの花子さん、ふたつめは動きだす骨格標本、みっつめ、音楽室で音楽家の目が動く、よっつめ、十二段の階段が十三段ある、いつつめは誰もいない音楽室からピアノの音が聞こえる、むっつめはなんだっけ……ええっと、そうだ」

姿見に映る事故死した女生徒――。

肩が小さく跳ねた。あの時の光景が瞬時によみがえり、背筋に怖気《おぞけ》が走った。

「伝わっているのはこの六つなんだけどね、どうして七不思議なのに六つかというと

「……」

「七つめを知ると死んでしまうから……」

　そうそう！　と府川は嬉《うれ》しそうに同調した。

「教師になってからいくつかの学校に赴任したけど、やっぱりそういう学校の怖い噂っていうのはどこも昔から根強く語り継がれているの。大半はみんな怖いもの見たさで面白がっているだけなんだけど、必ずその中に何人かは真剣な顔で悩んでる生徒がいて」

「……それが僕ですか」

　申し訳なさそうに府川はうなずいた。

「ごめんなさい。私はあんまりそういう類《たぐい》のものは視えたり感じたりはしないんだけど……。でも信じてはいるの。だから小杉山くんがもしそういうので悩んでいるのだとしたら、馬鹿にしたりしないから相談してほしい」

「相談……」

　府川は真剣なまなざしで慶太を見つめている。見つめ返したがすぐに目を逸《そ》らした。

「じゃあ、先生。例えば相談すれば、そういう……霊能者とかが来てくれたりしますか」

「霊能者？」

　ギョッとした表情で府川は目を剝《む》いた。

　相談に乗ると言いつつ、そこまでのことだと思っていなかったのが今の反応でよくわかってしまった。

「いや、なんでもないです。ここんところ徹ゲーと徹アニで寝不足なだけで」

「本当？」

「はい。霊能者っていうのも、今観てるアニメが学校に消えた友達を救うために霊能者を頼るっていうストーリーだったんで。先生も知っているのかな、って思って」

七不思議の話とかするから、と付け加えると府川は納得したようにうなずいた。

「なんだ、そうなのね。だったらいいんだけど、あんまり夜更かししちゃだめよ。体調の悪さが顔にでちゃってるよ」

「すみません」

溜《た》め息を吐き、席へ戻ろうとした時、ふと頭に疑問がよぎった。

「あの、先生」

うん？　と府川は振り向いた。

「七不思議の七つめを知ったら死んでしまうって、それってどうやって死んじゃうんですか」

「それがわからないの。対外的には『死んだ』って話は終わっているんだけど、それには言及がないからね。でも昔、私の友達に怖い話が大好きな子がいて、その子が言うには『死体が見つからないからだ』ってことらしいの」

「ど、どうして」

厭《いや》な想像が肚《はら》の底で産声を上げた。

「七つめを知ったら死んじゃうから誰も七つめを知らないって話でしょう？　だから七つめの不思議そのものがなにかはわからない。でもその子は『死ぬというより、いなくなってしまうから死んだってことになってるだけだ』っていうのね」

「いなくなる？」

声が裏返る。厭な想像がみるみる成長し、大きくなっていくのがわかった。

「そう。全国のあちこちの学校で起こっている生徒が失踪《しっそう》した事件とかって、実は家出とかトラブルとかではなくて実は七不思議の七つめを知ってしまったから、なんて冗談みたいな話があるの」

そんなわけないのにねぇ、と朗らかに笑う府川だったが慶太は笑うどころではなかった。

「あ、小杉山くん」

呼びかける府川の声に返す余裕もなく、席に戻った。

もはや厭な想像は慶太の体より大きく膨らみ、慶太自身が不安に飲み込まれてしまっていた。

トイレの花子さん、姿見の女子生徒、音楽室のピアノ――？

すべて府川が話したこの学校に伝わる七不思議の項目だ。ハンドとはぐれた後、なんらかの理由で彼が七つめまで突き止めてしまったのだとしたら？

例えば、結局光たちを見つけられず、そのまま帰るのも勿体《もったい》ないからと単身七不思議を実行した？

違う。そんなわけがない。

そもそもハンドはこの学校の七不思議の内容を知らない。だから知らず知らずに行ってしまうということもあり得ない。

だったらどうして……。

——……そうだ。

ゆっくりと顔をそちらに向ける。

ヘッドフォンで耳を塞《ふさ》いだまま、机に突っ伏して寝ている光を見た。

あいつだ。

ハンドはあいつらを見つけたんだ。

そして尾行《つ》けて動画を撮影していた。光と二ノ宮が七不思議を発生させていることも知らず——。

だったらこう考えたほうが自然ではないか？　慶太はそう思い直すと一旦《いったん》、考えをリセットして頭の中で整理し直した。

はぐれたあと、ハンドは光たちを発見した
　↓
光たちがハンドに気づく

←自分たちが七不思議を秘密裏に発生させていたことを知られてはまずい
←口止めの代わりにハンドに七つめまで気づいていない振りをして付き合わせた
←ハンドだけが七つめを発生させ……いなくなった

戦慄《せんりつ》が走る。遅れて言いようのない怒りが沸き上がってきた。

確かに光たちに興味をもち、尾行したのは自分たちだ。だがそれだけでそんな外道なことができるのか。いや、現状考えられるのはこの流れしかない。

それに、府川の話からわずかながら希望も見えた。

死んだのではなく、いなくなっただけなのだとすればハンドを救出する手立てはあるのかもしれない。

だが、そうだったとしてもどうする？

「うん……」

光が寝返りをうち、こちらに顔を向けた。いつ見ても美しい顔だ。同じ高校生とは思えないくらい。

「あるぞ、方法」

自分らしくない、乱暴で強引な方法が頭に浮かんだ。

絶対にやりたくないし、普段の自分ならば即却下の方法だ。だがハンドを救えるのなら躊躇《ためら》っている余裕はない。

――光がひとりの時を狙って家まで尾行けよう。そして、直接問い詰めるんだ。

4

おそらく、光は非力だ。いつもだるそうで眠そうにしているし、体調が良さそうなのを見たことがない。

腕力に自信のない自分でも取っ組み合いになった場合、形勢に分がある。

とはいいつつ、あれで武道の達人だった……なんて誤算があれば万事休すだ。

これまで二度、光の動向を追ったが今回はそれらの時とは異なり、二ノ宮と一緒にいるところを追うのではなく、下校時ひとりでいる光を尾行けるのだ。

問い詰めることが叶《かな》わなかったとしても彼女が何者かわかれば収穫だ。だがあくまで本丸はハンドだ。まず接触は避けられないだろう。

光はのっそのっそと歩く。それすらも億劫《おっくう》なのではないかと思うほど、ややふらつきながらゆっくりと歩いている。顔色も悪い。

尾行けておきながらなんだが、不調さに心配になってくる。

光は電車に乗った。学校から徒歩圏内に住んでいるわけではなさそうだ。

「どこまで行くんだ……」

座席に座った途端眠りこくった光の姿に不安を感じながらひとりごちる。それにしてもどれだけ寝るのだ。起きている時間のほうが少ないぞ。

死んだように眠る姿を見ていると、降りる駅を乗り過ごしそうでなぜかこちらがヒヤヒヤする。

だがそんな心配は杞憂《きゆう》だったようで、光は五つ先の駅で降りた。そして、電車を乗り換えるとさらに先へと行く。乗り換えた電車に空席はなく、光はドアのそばの手すりにもたれかかり、器用に立ちながら寝ている。

よく寝る、というにはもはや不自然だ。

あのヘッドフォンも実は音楽を聴いているのではなく、眠りを邪魔されないためのスリープミュージックなのではないかと勘繰ってしまう。

そうして三十分ほど走った先の駅でようやく光は降りた。

中心部の駅で面喰らう。こんなところに住んでいるのだろうか。それとも別の用事があって……。

「あぶねっ」

考察に気を取られて危うく光を見失うところだった。

気を取り直して光を尾行ける。ある程度、帰る場所の推測がついたところでひとりになるのを待とうと思ったが、どんどん人通りの多い場所へと向かっている。

もしかして尾行けているのに気づかれている？　とも思ったが、それを確信させるような素振りはなかった。

派手な電飾看板が現れ、無料案内所というなにを案内してくれるのかよくわからない店が建ち並ぶ繁華街。足を踏み入れたものの、その場違いさに辟易《へきえき》する。

あちこちで男が通行人に声をかけていた。幸い高校生の慶太は相手にされなかった。間違って光とよく似た人間についてきてしまったかと思ったが、前を歩いているのは光で違いない。

光もまた行く先々で声をかけられていたが、完全スルーを決め込んでいる。心臓が鉄でできているのかもしれない。いや、むしろ自分の心臓が和紙でできている可能性のほうが高い。

びくびくと落ち着かない心持ちのまましばらく行くと、光は繁華街の怪しい通りに現れた見るからに薄汚れた商業ビルに姿を消した。

「うそだろ……」

光が消えたビルを見上げ、うわごとのようにつぶやく。

三階に【メイドのおみやげ】と看板がでている。その下は雀《ジャン》荘、一階にはアダルトショップがあった。五階建てのビルで四、五階は一応古びた看板はあったものの営業している気配は感じない。

一階店舗横の通路に入って行ったので少なくともアダルトショップに用があったわけではなさそうだ。その点についてはホッとする。

「なんで安堵してんだ僕は」

自分に突っ込み、ならば二階の雀荘か。と思った。

内心、そうであってほしいと願う。雀荘に用があるのも相当おかしい気もするが、メイドのおみやげよりマシだ。そもそもメイドのおみやげという店がなんなのかわからない。お土産屋さんかな？　バカな、すくなくとも健全な店とは思えない。

通路に入っていく。突き当りに年季の入ったエレベーターがあったが、怖くて乗る気になれなかった。乗っている最中に停まりそうだ。

エレベーターの階数ランプを見ると三階で停まっている。光がこれを利用したとするなら、三階で降りたことになるが――。

二階に上がると、【雀荘　E雀牌《はい》スクール♥】と剥《は》げたプリント字の、重そうなガラスのドアがあった。外から中が丸見えだったので、目立たないところから中の様子を窺《うかが》ったが光の姿はない。

まさか、本当に三階なのか。

三階は【メイドのおみやげ】だ。もう一階、階段を上がるだけなのに腰が引ける。ぼろいし、かび臭いし、怪しいし、怖い。

男子高校生がひとりで足を踏み入れるような場所ではないことだけは確かだ。

心底引き返したかったがハンドを思い浮かべ、ここで逃げてはいけないと強く念じて一段一段踏みしめるように上っていく。

強い思いの反面、三階に光がいないことも願った。実は四階か五階が秘密の居住スペースになっていて、そこに用があった。きっと真相はそうだ。

メイドがどうのこうのする未知の店にあんなきれいな子が――。

【メイドのおみやげ】

かわいいうさぎや猫たちのマスコットに囲まれ、ふわふわした書体でそう書かれた看板に言葉を失う。入り口のドアにもさまざまな装飾が施されていた。動物のマスコットをテーマにしたメルヘンチックな感じだった。

そして表の看板を見た時には見落としていたのか、『メイドカフェ』と書いてあった。

なるほど、メイドカフェなら知っている。が、どういう場所なのかふんわりとした知識だけしかない。

「もしかしてバイトか？」

雀荘に入ったのかもしれない、と思った時からその可能性はどこかであった。だがそうだとしても重大な問題があった。

「うちはアルバイト禁止の学校だぞ……」

そう。慶太の通う高校の規則は身だしなみについて緩い代わりに外との干渉……特にアルバイトを禁じている。部活動に力をいれる校風なため、遊びの誘惑には厳しくということらしい。

さらに扉にはアルバイト募集の貼り紙がしてあるが、しっかりと【未成年不可】とあった。光は思いきり未成年……この店のグレーさがひきたつ。

それに……光がこんな店で働いているのが想像できない。どう考えてもキャラではないし、むしろ本人が嫌いそうな気もする。やはり確認しなくともここに光はいない。

自分の中でそう結論付け、四階に上がろうとした時だった。

「おい」

突然、背後から呼び止める女の声に飛び上がった。

「は、はい！」

「……なんでお前がいるわけ」

この声は……

おそるおそる振り返る。

「ぐはっ！」

フリルがついた、漫画やアニメでできそうなメイド服に身を包んだ光が腕を組んで立っていた。というより、漫画やアニメから本当に飛びでてきたかのような、完璧《かんぺき》なプロポーションと美貌《びぼう》だ。いつもは体調の悪さを表しているような白い肌も、メイド服を着こめばたちまち透き通るような美しさに変わる。あまりの眩《まぶ》しさにバターになりそうになった。

『ぐはっ』ってなんだよ、気持ち悪《わり》ィ。見た目を裏切らないクソオタクがこそこそ尾行《つ》けてきてなにやってんだ、って訊《き》いてるんだけどわかってる?」

すーっと、胸に沸き上がったときめきのようなものが引いていく。眩しさが急速に損なわれてゆく。

なんだこの口の悪さは。

確かに黙って尾行けた自分に非があるとはいえ、そこまで言わなくてもいいのではないだろうか。というより言わなくていい余計なひとことが多い。

「ごめん……。どうしても山城さんのこと知りたくて」

「キモッ！　外見キモいやつは中身もキモキモだな」

「ち、違っ！　そういう意味じゃなくて、あの……なんていうか」

なんと言っていいかわからない。

尾行した理由をなんと説明すればいいのか、まったく考えていなかった。ただ、ハンドを救いたかった。そのためには、ハンド失踪《しっそう》の鍵《かぎ》を握るだろう光のことを知り、接触しようと思った。

そういう意味では、光の意外な一面を知れたし、接触も叶《かな》ったはずだ。それなのに言葉がでてこない。それは慶太が無意識に当たり障りなく言い繕おうとしていたからに他ならなかった。

「マジでゲロクソにキメェなお前。うちがひとりになったら襲おうとでも思ってたんだろ？　ガキのくせにサカってんじゃねえよ」

「そこまで言わなくてもいいだろ！　僕は山城さんにちょっと聞きたいことがあって……」

「なんで学校で聞かないんだ。みんなの前だとなんか都合悪ィことでもあんの？　寒《さみ》ィー寒ィー、凍えちゃうね」

「だからそこまで……！」

「うちが自分を尾行けまわしたクソキモオタをどんな風に言おうが勝手だろ。お？　この犯罪者予備軍が。言っとくけど、うちはお前みたいな卑怯《ひきょう》なやつが一番嫌いなんだよ。大方、うちがひとりになったら無理矢理力ずくで……とか思ったんだろ？　はぁ、死ねよ」

「黙って聞いてりゃ好き勝手言って、いい加減にしろよ！　大体なんなんだよこんなところでそんな恰好《かっこう》して！　うちの学校バイト禁止だろ！」

「は？　正論垂れてるつもりなのそれ。あー……そう、もしかして強請《ゆす》る？　じゃあ、うちも先手を打たせてもらおっかな」

「だから話を聞い――」

「ばぁか。話ならゆ～～っくり聞いてやるって。ああ、そうだ。散々威張ったけど、お前の考えは正しいよ。うちは基本的にいつも弱ってるからね、ひとりの時に襲われたらひとたまりもない。だからね、そういう時のための備えはしてんだよね」

「だから待てって言ってるだろ、好きなことばっか喋《しゃべ》ってないで僕の話も」

「目覚めよゴーレム！」

どすっ、とうなじに衝撃が走り、パソコンの電源を落とした時のような暗転が起こった。違うのは、画面上ではなくこれが慶太の視界だということだった。

「誰がゴーレムだ誰が」

「おひとりさまご案内～」

気を失った慶太をひとりの男が肩に担ぎ、店に入った。

「おかえりなさいませご主人さまぁ～」

わざとらしくも可愛らしい光の声は、扉の中に閉ざされた。

おかしなふたり

1

ふたたび目を覚ました時、慶太は天国にいた。

パステル調の手書きPOPや豚さんやイルカさんのイラストが目に入り、コーヒーと焦げた砂糖の香りがしていた。

どうして自分が天国にいるのかはわからないが、とにかく死んだのだなと思った。

ああ、結局ノベルの塔で書籍化するという夢も潰《つい》えたし、高校生ラノベ作家の肩書も露と消えた。まあ、でも思ったほど天国の居心地は悪くない。

「起きたか」

「わああっ！」

突然、天国の景色を遮って現れた包帯でぐるぐる巻きの巨大な顔に叫び声をあげた。天国どころかここは地獄だったらしい。一旦《いったん》上げて、落とすのは物語の常套《じょうとう》手段だ。

「大声だすなよ。営業中なんだぞ」

包帯ぐるぐる巻きは不機嫌そうに言って頭をはたいた。

「いたっ」

「いいから起きろ。聞きたいことがある」

頭を叩《たた》かれたせいか、すぐに状況を思いだした。ここは【メイドのおみやげ】の店内で、包帯ぐるぐる巻きは二ノ宮だ。

どうして二ノ宮が、と思ったが意識を失ったのは彼の仕業だと思い至り納得した。

「あ〜〜っ！　いけないいんだぁ、こんな若い子！　どれどれ、あたしがちょっとつまみ食いを……」

「ミヤケさん、なんでまた店にでてるんすか！　奥の部屋にいてくださいよ！」

へーい、と突然絡んできた赤毛のメイドは缶チューハイを片手に口を尖《とが》らせて奥へと引っ込んだ。

「みきっぺ、俺とピカリンはこっちの部屋使ってるから」

ホールのメイドにそう伝えると二ノ宮は「ついてこい」といって、別の部屋へと慶太を連れて行った。

「うっ」

「やっと起きたかゲロキモ」

ゲロキモってなんだ、すごすぎる呼び方だな。怒りを通り越して呆《あき》れてしまった。

部屋には光が待ち構えていた。ふてぶてしく、堂々としたその姿はいつもの弱々しい感じとは違う。

「さぁて、楽しいお話の時間だよ。ニノ、歯を抜く用のペンチと爪の間にブッ刺す待ち針、あと点眼用のタバスコは持ってきた？」

光の言葉に股間《こかん》が縮み上がる。ここはやはり地獄だった。

「持ってきてるわけねーっしょ。いい加減暴君キャラやめたらどうっすか」

二ノ宮は呆れた溜《た》め息を吐きながら、「ほら、座れ」とテーブルを指した。

なんだ、どういうわけだろう。光が言ったことは脅しなのだろうか。不安に陥りながら辺りを見回す。確かに拷問につながるような器具《きぐ》は見当たらない。

だが油断はできない、とおそるおそる様子を窺《うかが》いながら椅子に腰かけた。

二ノ宮は座らず、ドアのそばでもたれかかって腕を組んでいる。

「じゃあ、仕方ないから耳が腐りそうな汚い声を聞いてやるよ。なんでうちを尾行《つ》けた？」

テーブルに肘《ひじ》を突き、針で……いや、抜き身で刺すような目で睨《にら》みつける。高校生の迫力じゃない。

ほとんど尋問だが、とにかくちゃんと話をしたい慶太には、ある意味この状況は望んでいたものだった。

「実は、前にその……二ノ宮さんと山城さんがふたりで花子さんを呼びだしているのを見たんだ」

は？　と光は顔を歪《ゆが》ませ、背後にいる二ノ宮に目をやった。

少しして再び鋭い眼光を向け、さらに不快そうな表情を浮かべた。

「ってことは前々からうちらを尾行けまわしてたってことか」

否定しようとしたが事実なので言葉を呑《の》み込む。

「お前、階段から落ちて倒れていたことあったよな？　まさかあの時も俺たちを追っていたのか」

うしろから訊《たず》ねる二ノ宮の声に、観念してうなずく。

「なんだってそんなことを？」

外見だけの印象では二ノ宮のほうが柄が悪そうだが、光よりもずっと冷静で落ち着いていた。言葉遣いも荒くなく、落ち着いて話せる空気があった。

「僕は小説を書いていて、それで人気がでないことで悩んでいて……」

そう話を切りだしただけで光は目を丸くし、二ノ宮と顔を見合わせた。

「小説？　なにそれ。人気がでないとか、そんなの高校生の悩みじゃなくない？」

はじめて光の口から毒のない言葉を聞いた。

「ｗｅｂ小説投稿サイトで書いてるんです。だからプロではないんですけど、一応プロを目指してるから」

「なんかすごい話してるぞ、この子」

光は同い年にもかかわらず、慶太を「この子」呼ばわりした。違和感を覚えながらも「別に普通ですよ」と答えた。

「人気がでたら書籍化って言って、サイトの編集部から声がかかったりするんです。そして本になるんですけど、僕はそれを狙っていて……。でもサイトで人気がでる作品って割と同じようなテーマだったりジャンルが好まれるんです。色々あるんですけど、僕はその中でホラーを書こうって決めて……」

　そこからキャラに悩んでいたところに光と二ノ宮を発見し、ネタのために興味を持ったことを正直に話した。そして、その過程でふたりが花子さんを呼びだしていたこと、好奇心に勝てずハンドと共に二度目の追跡をしたことも認めた。

「二ノ宮さんに声をかけられた時、確かに僕は階段から落ちました。けどその時にハンドとはぐれちゃって、それからハンドの行方がわからなくなったんです」

「ニノ」

「そうっすね」

　光と二ノ宮は短く言葉を交わすと意思を確認しあった。

「なるほど、よぉくわかったわ。話を聞いても同情ポイントは驚きのゼロだね。理由どうこうは関係ないし、あんたがうちらを嗅《か》ぎまわってたのは事実だし」

　力なくうなずいた。

　ただ、「お前」から「あんた」に呼び方が変わったことにだけは気が付いた。

「自業自得って言葉くらい知ってるよね。まさにそれ。はい、お疲れ」

「ピカリン！」

二ノ宮に怒鳴られ、一転して光はバツの悪い顔をした。

「わーったわあーったって。もういじめないから、大きい声だすな。まあ、でもフォローできないっていうところは変わんない。わけわかんない動機で嗅ぎまわられたら誰だって気分悪いからね」

「はい……」

「それはそれとして、うちらはそのハンドって子については心当たりがある」

「えっ！」

突然降ってきた情報に思わず声がひっくり返った。

不機嫌そうに耳を掻《か》きながら光は語る。

「あんたらがはぐれたっていうその日ね、うちらは男の子の声を聞いてる」

「お前が階段で倒れていたもっとあとだ」

「本当ですか！　それってハンドの……」

「興奮すんなバカ。いちいち喚《わめ》くな、勃《た》ってんのか」

「す、すみません」

それよりもその口の悪さは治らないのか。慶太はぐっと堪《こら》えつつ、光の話を聞いた。

「〝七式開門《しちしきかいもん》〟の何番目だっけ」

「四番目すかね」

「そうそう。そのあたりで声がしたんだ。十三階段のほうで聞こえたから厭《いや》な予感はしたんだけどね」

　まあうちらには関係ないし、と気まずそうに吐いた。

「あの、七式開門っていうのは」

「異界を繋《つな》ぐ七つの手順のことだ。まあ、わからんだろうけどな」

「手順……それって、あの学校の七不思議とかと関係ありますか」

「ははっ、ウケる！　学校の七不思議って中坊かよ！」

　人を馬鹿にしたように笑う光にイラつきを覚える。それを察したのか二ノ宮が引き取った。

「そうだよ。学校の七不思議のことだ。あれは七式開門が歪曲《わいきょく》して伝わったもんだ。つまり元は七式開門」

「なにが違うんですか、七不思議と」

「ガキの遊びだよガキの。俺たちは七不思議のほうをよく知らないし」

「ピカリン、ご機嫌なのはわかるけどちょっと黙っててください」

　ぴしゃり、と二ノ宮が注意すると唇を尖らせながら不本意そうにしている。だが意外なほどおとなしく光は従った。もっと早くにそうさせてほしい。

　気を取り直し、学校の七不思議について簡単に説明すると二ノ宮は顎《あご》を擦《さす》りながら「なるほどなぁ」と感心した。

「そういや俺らの学校にもそんなんありましたっけ」

「知るか。うちらの時はそれどころじゃなかったし」

　まあそうですね、と二ノ宮は同調した。

「さっきも言った通り、七式開門はどの学校にもだいたいある。まだ人間として未熟な年代の子供が一同に集まる場所だから、すぐに業が溜まるんだな」

「業……」

「色んな負の感情ってとこだ。悲しみ、怒り、妬《ねた》み嫉《そね》み、敵意、殺意。あらゆる時代の色んな子供たちの負の感情が入り混じるから、学校は怪異が起こりやすい」

「怪異のデパートって呼んでんだけどね、うちらは～」

　肘を突き、前髪をいじりながら光が付け加えた。さすがにメイドの恰好《かっこう》をしている時はヘッドフォンをしていないようだ。だがそのおかげで細い首が露《あら》わになり、余計に儚《はかな》げな美しさが際立っている。

「怪異……あの時の花子さんの声とかもそうなんですか」

「あれはちょっと違うな」

「じゃあ、僕が姿見で見た女生徒とかも……」

「あれも違うし、ピアノも違う」

「ええっ……」

　わけがわからない。あれを怪異と呼ばずしてなんと呼ぶのだ。

「あんたが体験したそれらの出来事が七式開門の行程なんだよ」

「それは七不思議ですよね、その行程って怪異と同じじゃ」

じれったそうに喚く光と、どういえばいいか唸《うな》る二ノ宮に挟まれて慶太は居心地が悪かった。

「とにかく、急がなきゃそのハンドって子がヤバいってのはわかった。あんた明日《あした》の夜、学校にこい」

「夜はちょっと……」

「あんたがこないならうちらは行かないよ。正直、ハンドとかいうのが死んでもうちらは痛くもかゆくもないわけだし」

そう言われては、やけくそに「わかりました！」と言うしかなかった。

2

時間が経つのは早い。夜の学校なんて絶対に厭だと思っていたのに、その時は瞬く間に訪れた。

何度も来た道を引き返そうとしたがやってきてしまった。

「最悪だ……」

眼前にそびえたつ校舎は見慣れた昼間の姿とはうって変わり、無言の威圧感があった。

どの窓も真っ暗でさながら無数の目のようにも見える。

いくつもの目で見下ろし、慶太の動向を窺《うかが》っている……そんなイメージが湧いた。夜の闇に溶け込む姿は無機質さを増し、巨大な蜘蛛《くも》が口を開けて獲物が迷い込むのを待ち構えているようだ。

入りたくない。絶対に厭だ。

幸い、まだふたりの姿は見えない。逃げ帰るなら今だ――

「来たか」

すぐそばで破滅の声がする。二ノ宮だ。

「ど、どうも……」

弱気から言葉が詰まる。そうだ、二ノ宮は校務員なのだから学校の出入りができる。

まさか、この学校にやってきたのもそれが目的か？

「あの、二ノ宮さん」

「ニノでいいよ」

「じゃあ、ニノさん……」

二ノ宮についていきながら裏門へ向かう途中で、慶太は気になっていたことを訊《たず》ねた。

「ニノさんと山城さんって一体何者なんですか」

メイドのおみやげでは核心に触れることは訊《き》けず、話もそこそこに追いだされてしまった。一方的にこちらの事情は話したものの、光とニノについてはなにも知らない。

　光の毒舌に怖気《おじけ》づいたというのもある。

「何者……って、改めて訊かれるとなんて答えたらいいかむずいな」

「だって転校生の山城さんと校務員のニノさんが同時にやってきて、しかも知り合いだし、あのお店でもふたり揃っていたじゃないですか。そんなことあり得なくないですか」

「うーん、そうだなぁ。ピカリンも俺も別に好きでやってるわけじゃないんだけどなぁ」

　これだ。ニノは光のことを『ピカリン』と呼ぶ。光も二ノ宮を『ニノ』と呼んでいるし、それを鑑《かんが》みればふたりがただならぬ仲なのは明白だ。

　ふたりはなにかの目的があってこの学校へやってきた。そして、その目的に七不思議が深く関係している。

「七式開門……でしたっけ。ああいうものも僕は初耳ですし、ネットにも載ってなかった。それにハンドの居場所も見当ついてるみたいですし」

「まあ、それについてはこれから厭でもわかるさ。俺たちが何者かっていう質問は、悪いけどなんて言ったらいいかよくわからん。ピカリンに聞いてくれ」

　ええ……。

　思わず苦い顔になる。できれば光とはあまり話したくない。こちらから話しかけて、さらに質問なんて一体どんな辛辣《しんらつ》な言葉をぶつけられるかわかったものではない。

　七不思議より先にそっちで参ってしまいそうだ。

「ピカリン、なんか慶太が訊きたいことあるって」

「わわー！　やめてくださいよ！」

裏門そばの塀にもたれかかって座っていた光が不機嫌そうな顔をこちらに向けた。

「す、すみません！　なんでもないです！」

「……どうでもいいし、さっさといこ」

「へっ？」

怒濤《どとう》の罵倒《ばとう》を浴びせられるかと構えたが、光の反応は淡泊なものだった。

「どうしちゃったんですか、山城さん」

「どうって、別にいつも通りだろ」

「いや、なんか昨日とは違って……そのなんて言うか」

元気がない。そう言いたかった。

「じゃあ、開けるんで入ってください」

ニノは錠前を外し、校内に招き入れた。光は調子悪そうにゆっくりと立ち上がると、のっそのっそとゆっくりと歩く。確かにこっちのほうが見慣れた姿だ。

だが昨日、メイドのおみやげではむしろこの姿が不思議なくらい活発で喋《しゃべ》りも舌好調だった。一体なぜだ。

「メイド服を着るとパワーアップするとか、ですか」

「なに言ってんだお前」

「あ、いえ……すみません！」

考えてみれば光は同い年なのに、いつの間にか敬語で喋るようになっていた。昨日の迫力に圧《お》されてそうなったことは自覚済みだったが、どうもそれだけではない空気を光は纏《まと》っている。その正体がわからず、慶太はふらつくような光の足取りをただ見守った。

「なにしてんだ、いくぞ慶太」

「あっ、はい……ん？」

ニノに急《せ》かされ慌てたが、ふと違和感を覚えた。

「なに突っ立ってんだ」

「すみません！　あの、でも」

「なんだよ」

「慶太って」

「お前、慶太って名前だろ。年下を呼び捨てにして悪いかよ」

「いえ」

親類以外で慶太と呼ばれるのは小学生の時以来だ。それも会ってまだそれほど経っていないのに、馴《な》れ馴れしいと思った。

だが不思議と厭《いや》な気はしない。むしろ……少しうれしかった。

「あ、ピカリンのことも〝ピカリン〟って呼んでいいぞ」

「え、そうなんですか」

「ああ」

そう言われて振り返ると、光はまだよろよろと歩いている。

「大丈夫ですかピカリン」

ピカリンの歩みがぴたりと止まった。

「よかったら肩とか貸しましょうか」

「…………ぞ」

「遠慮しないでください、そのくらいなら僕にだってできますし。ピカリン、どうぞ」

そう言いながら肩を差しだすが、ピカリンは微動だにしない。

「…………ぞ」

「え、なんですかピカリン」

「……殺すぞ」

寒気が走り振り向くと鬼の形相でピカリンが睨《にら》みつけている。それは人間の顔とは言い難かった。

「す、すみません！」

すぐそばでニノが腹を抱えて笑っていた。


「あの……それで、僕はなぜ呼ばれたのでしょうか」

「まだ言ってんのか、女々しいやつだな」

「いや、そうじゃなくて……僕がいてもなにも役に立てないと思うんですけど」

暗に足手まといになるだけだと伝えたつもりだった。

「お前しかハンドってやつの顔知らねえだろ」

「そうですけど、そんなの」

横目でちらりとピカリンを見た。いつにも増して具合が悪そうだ。

あれだけ生き生きと罵倒を散らかしていた姿は鳴りを潜め、歩いているだけで辛《つら》そうだ。

「そんなの、いればすぐわかると思うんですけど。顔がどうというより、この時間に誰もいないですし」

「いるよバカ」

小さな声でピカリンが答えた。

「いるって、ハンド以外に一体なにが……」

そこまで言って、青ざめた。

そうだ。ハンド以外に今、校舎にいるものは――。

「いずれ俺たちがお前を呼んだ理由もわかるさ。それまでは大人しくついてこい」

「いや今言ってくださいよ！　不安じゃないですか」

「今言ったらついてこなくなるから」

ニノは校務員室側にある非常口の扉を開けた。重苦しい音を立て、暗い校舎が覗《のぞ》く。

「え……どういう意味ですかそれ」

「早く入れよ、ゲロクソ」

眉間《みけん》にしわを寄せ、ピカリンが吐き捨てる。

体調が悪くてもしっかり毒は吐く後ろ姿について、慶太は夜の校舎に足を踏み入れた。


「うへぇ……」

夜の校舎は想像していたよりも何倍も不気味で、冷気が漂っていた。

突き当りに小さく非常灯がともっているだけで、それ以外の光はない。せいぜい窓から差し込む月の光と、時折外を通り過ぎていく車のヘッドライトくらいなものだった。

まだなにも起こっていないのにブルッと震えがくる。

緊張と不安がないまぜになり、誰にでもなくそれをごまかすため咳払《せきばら》いをした。

小さな咳払いがわんわんと壁中に跳ね返り、校舎全体に響き渡るような錯覚さえする。

「なに突っ立ってんだ。いくぞおら」

「は、はい」

後悔が全身にまとわりつき、慶太の歩みを重くした。

来るべきじゃなかった。そもそも本当にハンドが学校で消えたかどうかも怪しい。

どうしてこんな怪しさ全開のふたりのいうことを簡単に信じてしまったんだ！

どれだけ思っても虚《むな》しいだけ。

後悔に苛《さいな》まれながら気づけばトイレの前に立っていた。

「ここ……」

「あんたがうちらを最初にストーカーしたところ」

「ストーカーだなんて」

ふん、と鼻を鳴らしピカリンは奥へと進んだ。怯《ひる》みもせず飄々《ひょうひょう》とニノもついていった。

「ま、待ってください」

■学校の七不思議①・トイレの花子さん
～女子トイレの一番奥の個室を三回ノック、「花子さん遊びましょ」と呼びかけるとトイレの花子さんが現れ個室に引きずり込まれる～


女子トイレの一番奥の個室。誰も入っていないのを確かめてから内側から鍵《かぎ》を閉める。中に入った者は便座に座り、外にいる者が扉を三度ノックし「花子さん、遊びましょ」と声をかけ、返事がなければ再度手順を繰り返す。

中に入っている者とは違う声で返事が戻ってくれば成功。

「せ、成功ってなにが？」

「花子さんを呼びだすことに決まってんだろ」

ピカリンは吐き捨てるように答えると個室の中に入った。そして、中から扉を閉めると内鍵をかけた。

「ニノ」

「うっす」

扉の前に立ったニノがおもむろに右手の拳《こぶし》を胸の高さまで上げ、
コン、コン、コン
「花子さん、遊びましょ」

……

………

…………

沈黙。

ニノは小さく息を吐いて大きく吸った。

コン、コン、コン
「花子さん、遊びましょ」

……

………

…………

やっぱりなにも返って……

『はぁ～あい』

意識が吹き飛びそうになった。

思わず周りを見回し、声の主を探す。トイレ内にも、ここから見える廊下にも、他の個室にも人影はない。声がしたのはピカリンが入っている個室からに違いなかった。だが声は明らかにピカリンのものとは違う、幼い女の子のものだった。そう、あの時慶太が聞いた声だ。

「い、いまの！」

「慌てんな、落ち着けって」

『なにして遊ぶぅ？』

ぷつぷつという音が自分の腕から聞こえる気がした。

見て確かめなくともわかるほど、全身に鳥肌が立つ。同時に氷水を頭から浴びせられたような強烈な寒気が走った。

「あっあ、あっあの！」

「お前まだ最初のやつだぞ、ビビりすぎだ」

『なにして遊ぶのぉ？』

「探検ごっこ」

少しの間があった。

『いいよ～』

バタン！

「わあっ！」

突然の騒々しい音に驚き、振り返ると誰もいないはずの一番手前の個室のドアが閉まっていた。

バタン！

さらに隣が閉まる。今度は確実に目撃した。誰もいないのに、ひとりでに内側から、閉まったのだ。

「ニ、ニノさぁん！」

「黙っとけ！」

バタン！

ついに三番目の扉も閉まった。

女子トイレの個室は全部で四つ。つまり今、すべての個室が閉まっていることになる。到底、考えられない出来事だ。

『花子はどこにいるでしょう？』

くすくすくす、と笑う声が聞こえる。そして、こちらを揶揄《からか》うようにバタバタと個室の扉が開閉していた。

「もうやだあ！　帰りたい！」

頭を抱えてその場にうずくまる。トイレの花子さんは、誰だって知っている怪異だが、今体験しているこれはそれどころの話じゃない。怖すぎる。

『当てられなかったらぁ～おてつきね』

「お、おてつき？」

『花子のこと見つけてくれないとぉ～……赤いちゃんちゃんこを着せるからねぇ』

聞いたことがある。赤いちゃんちゃんこ。

便座に座っていると突然『赤いちゃんちゃんこ着せましょか』と訊《き》かれ、答えると首を切り落とされて流血した様がまるで赤いちゃんちゃんこを着ているようになるという。

なんということだ。花子さんは赤いちゃんちゃんこと同じだったのか。

「ピ、ピカリン！」

だが話通りだとすれば、今個室に入っているピカリンの身が危ない。確か、どう答えても死は免れない話だったはずだ。

「早くでてこないと……」

必死に呼びかけるが返事はなく、ニノも微動だにしない。とんでもないことが起こっているのだと思った。

「早くでないと……！　ピカリン、ピカリンでてきて！」

『答えないの～？　だったら……着せてあげるね……』

花子さんの声が低くなり、邪悪な声音になった。

いよいよ厭《いや》な予感はピークに達し、危険を感じた慶太が奥の個室に走ってゆく。

「ピカリン！」

声の限り叫び、ドアを思いきり叩《たた》いた。

「うごっ！」

突然、鳩尾《みぞおち》に衝撃が走り体が後ろに吹き飛ぶ。背が壁にぶつかり、慶太は尻餅《しりもち》を突いた。

中からでてきたのは思いきりメンチを切ったピカリンだった。

「ピ、ピカリン」

「ピカリンって言うな！」

中でなにかあったかと思ったがピカリンは無事のようだった。

『遊んでくれるって……言ったのにぃいい！』

花子の邪悪な声音がさらに悪辣《あくらつ》さを増す。それに呼応するかのように個室のドアが烈《はげ》しく音を立てた。

「うるさい！」

ビリッ、と電撃のようなものがトイレ中を走った。直後、あれだけ騒々しく音を立てていた扉が嘘のように大人しくなり、たちまちなにもなかったように静まり返る。

「……え」

事態が呑《の》み込めず、呆気《あっけ》にとられた。一体、なにがあったのか。

「ニノ、行こ」

「うっす」

「グズグズすんな豚！」

「いたっ！」

投げだしたままの足を蹴《け》られた。一気に色々起こりすぎて整理ができない。なにから突っ込めばいいのかわからなかった。

「ニノ、立たせてやんな。そんなノロマでもいなきゃ困る」

言われるがままニノが起き上がらせたが、慶太の頭は混乱したままだった。

「あの、なにがあって……いや、それよりどうして」

支離滅裂で自分でもなにを言っているのかわからない。だが、颯爽《さっそう》と歩きだすその後ろ姿を見て思わずつぶやいた。

「めちゃめちゃ元気じゃん」

3

「ここは……」

言葉にだすのはそれが精いっぱいだった。

慶太がもっとも恐ろしい思いをした現場——下足場そばにある階段の踊り場。

「お前が落ちた場所だな」

「そうですけど、そうじゃなくて！」

じゃあなんなんだ、という顔でニノはこちらを見つめていた。

「さあて、じゃあ行きますか」

パンパン、と手を叩き胸の前で揉《も》みながらピカリンが揚々と階段を上っていく。ふてぶてしさはそのままに、不調はどこかに吹き飛び快活な足取りだった。

「あの、ピカリンはなんで急に元気になったんですか」

「ああ、それは……なんていうかな、うーん、なんて言ったらいいんだ」

なんだかニノはこういうことが多い。口下手なのだろう。

■学校の七不思議②・姿見に映る女生徒

～誰もいない夜、毎時四十四分四十四秒。下足場前階段の踊り場の姿見の前に立つと、事故で死んだ女生徒の姿が映り、死者の世界に連れて行かれる～


「今何分」

「えぇっと、三十九分ですね」

返事もせず、ピカリンは姿見の前に対峙《たいじ》するようにして階段の一段目に腰を下ろした。

「時間がなにか関係あるんですか」

「呆《あき》れたな、お前ここで怪異に遭ったんじゃないのか」

「そうですけど、あの時は混乱していて」

　ニノの話によると、ここに現れる怪異は暗くなってからの毎時、四十四分四十四秒きっかりに現れる。人の姿を認めなければただ立っているだけらしいが、ひとたび生きている人間を視界に捉《とら》えると鏡の中から襲い掛かってくるという。

「だがそいつは踊り場から外にはでられない」

「じゃあ、急いで逃げれば大丈夫ってことですか」

「そうだな。ただ上に逃げようとすれば、足を掴《つか》まれ転ばされる。その上で顔面を何度も階段の角で打ちつけられるんだとよ」

　グ、グロいし厭だ……。

「じゃあ、下りれば安全ですか」

「バカか。後ろから突き落とされて体中の骨はバラバラだ」

　自分が階段から転げ落ちたことを思いだし、凍り付いた。一歩間違えば今頃自分も──。

「知ってるか？　ここの学校、暗くなって生徒が帰ったあと、この姿見に布を被《かぶ》せて見えないようにしてるんだぜ」

　頭がくらくらした。そんなバカな、と笑いたいところだがニノは校務員だ。この学校にやってくるまでその事実は彼も知らなかったらしい。

「だから、あーマジなんだなって思って」

　そう言いながらニノはスマホで時間を確認した。

「ピカリン、もうまもなくっすよ。ここの怪異」

ピカリンはただ睨《にら》みつけている。

慶太も時間を確かめると、確かにまもなく四十四分になろうとしている。

「くる」

それまでピカリンを正面に映していた姿見の鏡面がゆらりと揺らめいた。かと思うとピカリンの姿に重なるようにぐにゃりと歪《ゆが》み、裂け目からせりだしてくるようにして女生徒が姿を現す。

顔が半分潰《つぶ》れ、片方の足首があらぬほうに折れ曲がった、ボロボロの制服に身を包んだ女生徒だった。

「うわあっ！」

「うるせーぞゲロ豚！」

逃げだそうとするのをニノが咄嗟《とっさ》に腕を掴み、引き寄せた。

「なに考えてんだお前！」

「ひいい！」

「怖いのわかるけど二回目だろ！　こいつは」

「ち、違う！」

慶太をがっちりと抱きかかえていたニノが目を丸くした。包帯で表情がわからないはずなのに目だけでニノの感情がよくわかる。

「あれは僕が見たのと違う！」

慶太が見たのは型遅れだが間違いなくわが校の制服の女生徒だった。だが、いま目の前にいるのはそれとはまったく別の、古い時代のセーラー服だ。それも上はセーラー服で、下はもんぺ姿だった。

すぐさまニノが振り返ると姿見から抜けだした女生徒が足を引きずりながらピカリンに近づいていた。

「ピカリン、一旦《いったん》離れましょう！」

ニノが叫んだが、一拍遅かった。ピカリンは立ち上がり距離を詰めてくる女生徒に手を伸ばしたところだった。

そして次の瞬間、血まみれの手でピカリンの腕に触れた女生徒は後ろに倒れ込むようにして姿見の中へピカリンと共に消えてしまった。

「ピカリン！」

野太いよく通るニノの大声が虚《むな》しく校内に響く。姿見は風のない湖の水面の如く静かに佇《たたず》むのみだった。

「き、消えた……」

「最悪だ、くそっ！」

ニノは鏡に映った自分を拳《こぶし》で叩《たた》き、悔しさに地団駄を踏んだ。

そんなニノの姿を眺めながら慶太は立ち尽くす。なにもできない自分が歯痒《はがゆ》かった。

最初からわかっていたじゃないか。僕はなんの役にも立たないし、ただ足手まといなだけだって。実際、来てからずっと怖がっていただけだ。

　そのように自分自身に言い聞かすが、必死にいいわけをしているようで複雑な気分になった。

「……いくぞ、慶太」

「え？」

「間抜けな返事してんな、次の怪異を起こしに行くんだよ」

「じょ、冗談ですよね……？」

「見てたろ、ピカリンがあっちに連れていかれた。それにハンドも見つけなきゃなんねえんだろ」

「だ、だけどピカリンがいなくなったんですよ？　まず警察とかに」

「警察なんかあてになるか。それにまだ手順の途中だ。どのみち、〝あっち〟にいるんだからやることは変わらない」

「あっちってなんなんですか、わけわかんないですよ！」

　ニノは面倒くさそうに頭を掻《か》くと詰め寄ってきた。

「いいか、今はそんなことだらだら説明してる余裕はねえんだ。見た通りピカリンがいなくなった。それは俺たちにとってかなり危うい状況だってことだ」

「なに言ってるんですか、危ういのは僕らじゃなくてピカリンのほうですよね？　それならピカリンを先に助けないと――」

「わかってるから手順を進めるんだよ。なんて言ったらわかんねーから簡単に言うぞ、〝あっち〟っていうのは異界だ。前も話したが七式開門を行って行き来できるこの世とは違うところにピカリンもハンドもいる！　俺らは今からそれをするんだよ」

「余計わかんないですって！　なんで僕らが異界に行くことになるんですか。警察ですよ警察！」

　胸が持ち上がり、首が圧迫され呼吸ができなくなった。

　ニノが慶太の胸倉を掴み上げていた。

「時間がねえって言ったよな？　七式開門はその日の内に手順を完了させなきゃ、その日中に門が開かねえ。お前が言う通り警察に通報して連中が駆けつけたら俺らの自由が利かなくなるんだよ！」

「で、でも……さっきみたいなことにまた遭ったら……」

　ニノは手を放し、慶太を解放すると舌打ちをする。

「だから俺たちが危ういって言ってんだよ」

「そんなの、ピカリンがいたって変わらないじゃないですか」

　ふとなにかに気付いたように顔を上げ、ニノはこちらに向いた。

「ああ、お前勘違いしてるな。俺たちはピカリンを救うために七式開門の手順をこなすんじゃない」

「は……？」

「ピカリンがいないと俺たちのほうがヤバいんだよ」

話が見えない。さっきから話が平行線だ。ピカリンが危ういんじゃなく、慶太とニノが危ういと言っている。それは言ってみれば、ピカリンがここにいたとしても変わらない。危険な行為をしているという点では危うさは変わらないはずだ。

「あのな、俺たちは確かにこの学校で七式開門をやりにきた。それは異界に繋《つな》ぎ、あっちに行くためだ」

「なんのために……」

「ピカリンの体質が関係してるんだよ。ピカリンは事情があって、特殊な体質をしている。異界っていうのは人の業が作り上げた、天然のお化け屋敷みたいなところだ。遊園地のお化け屋敷と違うのは、でる方法を知らなければ一生でれないって点か」

「お化け屋敷って、なにを言ってるんですか」

「まあ聞け。時間はないが、最低限のことを教えてやらないと警察警察ってうるさそうだ。ピカリンはな、体と魂の相性が悪いんだ。だからいつも反発しあって、互いが離れようとしている。それをくっつけておくために定期的に【業】に触れてないとだめなんだ」

「それは異界があるって前提で聞かないといけないんですか」

「そうだ。業は世の中のありとあらゆるところに溢《あふ》れてるが、学校が手っ取り早い。異界は業で成り立っている世界だから、その世界に直接行ったほうがピカリンは元気になる」

ん？　元気になる——。

心当たりがあった。ピカリンの元気な姿。

「さっき、花子さんを呼んだあと元気になりましたよね」

「そうだ。あそこですこし業に触れたからな。充電したのと一緒」

「だったら昨日のメイド喫茶は？」

「まあ、あそこはちょっと特別な場所でな。強力な結界が張ってあるし、中にすげぇ霊能者がいるから、あそこの中ではピカリンは元気だ」

「でも、元気になるからなんなんですか」

「わっかんねーかな、業を浴びて元気になるってことは業に耐性があるってことなんだぞ」

首を傾げる。わからないだろ普通。

「ピカリンは業を充電して元気になっている時、自分もほぼ業と同じ性質になるから張り合うことができるんだよ」

「張り合う……なにと？　オバケですか」

「そうだな」

曖昧《あいまい》な相槌《あいづち》を打った。怪異や七不思議のことはわかったが、オバケと戦うといわれても微妙なところだ。

色々と教えてはくれたが正直、どうでもよかった。本音はただただここから離れたい。ピカリンもハンドも心配だが、自分にどうにかできるとは到底思えなかった。だったら大人に任せたほうがいい。

話を聞きながら慶太はどういえばこのあとの手順をこなさずに済むのか、という命題にばかり気を取られた。

『♪～』

ひゅっと小さく息を吸ったまま凍り付く。

あの時と同じだ。ここで女生徒の怪異と遭遇したあと、音楽室のほうから軍歌のようなピアノの音が聞こえたのだ。

「ほら、呼んでる。いくぞ」

「厭《いや》です！」

断る口実が浮かばず、ストレートに気持ちを伝えたつもりだったが、慶太はニノに引きずられて階段をあがった。

4

泣きそうになりながら慶太は音楽室にいた。

助けを呼びたいが、校務員はいない。なぜならここにニノがいるからだ。

「夜勤を代わってもらった。夜勤は学校の警備も任されてるからな」

ニコリと目元が笑う。悪魔の笑みにしか思えなかった。

「せめて別の行程のほうからやりませんか。例えば……理科室の骨格標本とか」

理科室の骨格標本が動きだすという。本当なら怖いが、それでもほかの怪異に比べるとコミカルでそれほどではないかもしれない。

どうせなら怖くないほうが助かる、と思った。

「ダメだ」

「なんでですか、どうせ七つやるんならどれからやったって一緒でしょ」

「七不思議はそうでも俺たちが今行っているのは七式開門。学校の七不思議とは決定的に違うことがある」

「同じって言ってたじゃないですか」

「同じようなもんだ、って言ったんだよ。七式開門は七つの行程を『決まった順序』で行わなければならない」

「順序が決まってるんですか」

「ああ。学校で七不思議を試しても、ほとんどの場合なにも起こらない。起こったとしても、たまたま二番目や三番目まで順序よく行けた時だけだろう。七つをすべて順番通りに行うことなんて、普通はあり得ない」

「そうなんですか……ん、ちょっと待ってください。じゃあ、ハンドはその手順をすべて順序通りに踏んだってことですか。そんなのあり得なくないですか」

「まあ確かにそうだな」

ニノは首を傾げた。彼にもそのあたりはよくわかっていないらしい。

ピカリンならすべての答えを持っているはずだと言った。

その名前を聞いて、まだ七つある手順のふたつしか踏んでいないことを思いだし気絶しそうになる。

■学校の七不思議③・誰もいない音楽室から聞こえるピアノ
～夜になると誰もいない音楽室からピアノの音色が聞こえてくる。これを聞いたものはしばらく頭の中でピアノの音色が鳴りやまず眠れない～


『♪～』

「ひっ」

あの時聴いたやたらと力強い軍歌のようなメロディだ。ふたりはすでに音楽室内にいた。だからピアノの音は厭でもはっきりと聞こえる。

音楽室の象徴ともいうべき黒く巨大なグランドピアノ。間違いなく誰も座っていないのに、ひとりでにメロディが流れていた。

「い、厭だ……！　もうここにいたくないです！」

「音だけだ、しっかりしろよ」

ニノはやけに落ち着いている。というより、警戒しているといったほうが正しいかもしれない。

慶太が逃げださないよう注意を払いつつ、なにが起こっても対処できるようキョロキョロとあちこちを観察していた。

『ジャーン！』

突然、烈《はげ》しく鍵盤《けんばん》を叩《たた》いた騒々しい音が鳴り響き、残響音に混じって乱暴にペダルを踏みまくっているような、ダムダムした音がしている。

そこに誰もいないのは確かなのに、感情をピアノにぶつけて暴れている現象だけが目の前で起こっていた。

「帰ります！」

「落ち着け」

また腕を掴《つか》まれ、逃げるのに失敗した。

「音楽室での手順はふたつある」

「厭だ！　怖い！」

「ほら、見ろ！」

バーン！　と鍵盤の蓋《ふた》が叩きつけるように強く落ち、跳び上がった。

だがニノが指差しているのはピアノではなく、それよりももっと上……天井に近い位置だ。

「一体なにが――」

■学校の七不思議④・音楽家の肖像画の目が動く
～真夜中の音楽室、壁に貼ってある音楽家の肖像画の目がぎょろりと動く。目が合うと狂う～

目を凝らす。暗い室内では指差した先が見えにくかった。

やがてぼんやりとそれがポスターのような、四角い貼り紙であると気づいた。そして、慶太はそれがなにかを知っている。

バッハやモーツァルト、ベートーベンなどの音楽家の肖像画だ。

そうだった、そういうのもあったな……。

そう思いながらも内心はホッとしていた。音楽家の目が動く、なんてここまでの怪異に比べれば大したことはない。

それよりも変わらずバタバタと暴れているピアノのほうがよっぽど怖かった。

「……？」

しかし、視界がハッキリとしてくるうちに違和感を覚えた。

どうもあれは知っている肖像画でない気がする。というより絵ではないような気もしてきた。

無意識に前に進んでいた。よく見たいと思った。

「え……」

数枚貼られているそれらは、古ぼけた写真だった。暗いので鮮明には見えなかったが、カラー写真ですらない。そこに映っているのは、まったく知らないスーツ姿の老人や着物姿の女性、七五三のようなかしこまった衣装に身を包んだ子供。

どういうわけかそれらはぼんやり見えているはずなのに、目だけはやたらとはっきりと認めることができた。

「うっ」

その時、写真の人物全員と目が合った。矛盾した表現だが、そうとしか言いようがない。全員が慶太を注目し、その全員と目が合っている。

直後、彼らの両目から火が熾《おこ》った。思わずあとずさると目の部分だけが黒く焼け焦げ、穴ぼこになった眼窩《がんか》から黒い涙がだくだくと溢《あふ》れたかと思うと両の口角がつり上がり、歯ぐきごと歯を見せた。

『ははははははははは！』

一瞬、真っ白になってすぐにまた視界が戻った。

あまりの恐怖に瞬間的に気を失ってしまったようだった。

ピアノのほうもどすどす言っているし、甲高い人間味を削《そ》いだ笑い声、怪異と呼ぶには騒々しすぎるものだった。

そのぶん、目と耳で存分に恐怖を思い知らされ、慶太はなにも考えられなくなった。

ただへたり込んだまま、呆然《ぼうぜん》とそこにいる。それだけだった。

「慶太！」

ニノが名前を呼ぶが騒音でよく聞こえない。わずかに「くそっ！」と悔しそうな声が漏れ聞こえた。

「あとで怨《うら》むなよ！」

そう言ってニノが正面に立ち、腕を振り上げた。

バチンッ！

頬に走った衝撃で体ごと弾《はじ》け飛んだ。ツルツルの床のせいで滑り、壁に頭がぶつかってようやく止まる。

「いったぁ！」

じんじんと痺《しび》れる頬を両手で押さえ、思わず叫んだ。

「なんで叩くんですか！　頭が飛んでったかと――」

「いくぞ！」

乱暴に腕を摑まれ、引きずられて騒々しい音楽室を後にした。

「あぶねー……」

腫《は》れたんじゃないかと思うくらい思いきり打《ぶ》たれた頬を擦《さす》り、恨めしくニノを睨《にら》んだ。

だがニノはまなざしを向けられていることに気づきもせず、息を荒くしている。

「痛いんですけど……」

「加減できなかった。悪《わり》ぃ」

「あんなに思いっきりやんなくても……」

「思いきりやんねえと正気に戻ってこないかと思ったんだよ。謝っただろ、勘弁しろよ」

「正気って……」

そう言われて思い返す。確かにあの時、自分は正気でなかった気がする。

「あのままだとどうなってたんですか」

「廃人になってたかもな」

「そんな！」

頬を打たれた熱が引くかと思うほど恐ろしい結末だ。感謝したほうがいいのかもしれない。

「ありがとうございました……」

まだ痛いからあまり心からの感謝はできなかったが、ニノは軽く手を挙げただけで応《こた》えた。

「でもヤバかった。あそこでもし俺も意識を持っていかれていたら……」

ふたりとも廃人——。

息をするのも忘れるほどの緊張が今さら押し寄せてきた。ニノの様子を見るに、思っていたよりもずっと切迫した状況だったらしい。

「でもこれで四つめだからあと二個ですよね」

「そうだっけ？……よし、じゃあ次は理科室だ」

あと二個、あとたった二個だ。

〝まだ二個もある〟と思いそうになるのを必死に抑えながら、言い聞かす。ニノの消耗の仕方を目の当たりにして、このあと二つも怪異を乗り越えられるのかという不安が胸に浮上しないよう、まじないのように繰り返した。

音楽室からでた後は、一切の騒音が止んだ。

ニノは「俺たちを諦《あきら》めたんだろ」と言ったが、それならそうでゾッとしない。あの怪異は、本気で自分たちを廃人にしようとしたのだと思うとあの騒々しさを思いだすだけで生きた心地がしなかった。

「理科室はなんですか」

「骨格標本が動く、というやつだ」

それを聞いて油断しそうになるが、気を改めた。音楽家の目が動くという怪異ですら思っていたものとまったく違った。今回もなにかしら想像を超えるなにかがあるはずだ。

「あ……でもニノさんは二度目ですもんね」

「なにがだよ」

「だから、理科室の怪異は二度目で……」

違う、とニノは強く否定した。予想外の答えに言葉に詰まる。

「七式開門はまだ途中だった。俺たちが辿《たど》り着けたのは音楽室までだ」

「いや、待ってくださいよ。途中って、そんなことないです。だって七式開門は一晩のうちに完了させなきゃだめだって言ったじゃないですか。失敗したらその夜はもうチャレンジできないって。だったら」

「だから最後まで行ってない」

啞然《あぜん》とする慶太にニノはその理由を話した。

ピカリンとニノは七式開門を完了させ、異界の業を浴びるためにたびたび校内で手順をこなした。だが七式開門はその場所場所で手順も内容も違うため、それに付随した情報がすくない。まことしやかに噂されている七不思議や怪談でどれが七式開門の手順なのかを特定するところからはじまるのだ。

術式が成立する順序を特定するだけでも難儀な話だというのに、【七つの行程】をも自分たちで特定する必要があったのだ。

そうすると相応の時間がかかってしまう。さらにニノが夜勤の時にしか調査できないという弱みもある。そのためここまで時間をかけても七式開門は完了していない。

「それじゃあだめじゃないですか！　次のは勘ってことですよね」

「勘じゃない。言ったろ、音楽室までは特定したって。ってことは一回ここで失敗してるってことだ」

「じゃあ、次の手順はわかっているってことですか」

「そうだ」

なぁ～んだ、と胸を撫《な》でおろしたが、ニノの表情は緩まない。

不安を覚え、まだ心配ごとがあるのか訊《たず》ねた。

「楽観的になれるかよ。この先はピカリンがいない。さっきのはどういう怪異が起こるのかわかっていたから対処できたけど、次はなにが起こるか」

最悪だ。

ニノの緊張の正体がわかった瞬間、絶望が全身を覆った。

そういえば最初から迷いなく理科室に向かっている。つまり前回は違うところにあたりをつけたということだ。

【生物講義室】

札を見上げて合点がいった。

「七不思議では『理科室の骨格標本が～』ってなってたから気になってたんですよ。うちの高校、【理科室】なんてないですから。理科準備室ならあるんですけどね。だからここへ来て納得しました」

「時間が経って中身が変わって伝わるものもあれば、何十年経っても変わらないものもある。この噂話はきっと変わらないほうだったんだろうな」

昔は理科室があったのかもしれないし、伝えられる途中でわかりやすく簡略化されただけなのかもしれない。

「お前だけで待て、と言いたいところだけどな。俺はあんまり観察とか考察するのは得意じゃないんだ。お前の力を貸してくれ」

「役に立つかどうか……」

「立たなくてもいいから、とにかく注意してあちこち観察してくれ」

わかりました、とだけ答える。急に喉《のど》がカラカラに渇いてきた。今夜はずっと緊張し続けていて、精神的にかなり消耗している。

だがそれはニノも同じだし、ピカリンやハンドだって……。

そうだ、ハンドだよ。僕はハンドを助けに来たんだ。

なぜならハンドがいなくなった原因は自分にある。何度も逃げようと思ったが、ここまで来たのだから腹を括《くく》らなければ。

「いいな、慶太」

「だ、大丈夫……です!」

5

■学校の七不思議⑤・真夜中に動く骨格標本
～理科室では骨格標本が夜な夜な動き、室内を徘徊《はいかい》する。見つかれば最後、すごい勢いで襲われ命を失う～

夜の生物講義室は一段と不気味だ。だだっぴろい室内に規則正しく並んだ長机。壁際には標本や薬品が入った棚がある。

「理系じゃないんですよね、僕……」

「関係あんのかそれ」

ニノの陰に隠れるようにおずおずと中へとはいる。教卓のすぐそばに骨格標本はある。授業のたび目にしているから知っていた。

もし知っていなければ叫んでいただろう。なにしろ、教卓は扉を開けてすぐにあるのだ。開けた瞬間に骨格標本が目にはいるのだから叫び声のひとつあげても不思議ではない。

「あれが動くんですか」

「さあな。噂通りならそうだ」

中に入ったが骨格標本に近づく気になれず、すこし距離をとったところで観察した。

警戒したまま、時間が経つ。骨格標本に動きはない。

「あの、順序合ってるんですか本当に」

「間違いない……はずなんだけどなあ」

ニノは唸《うな》り、考え込むがやはりここで間違いないと言った。

「ただ、七不思議と七式開門の内容がリンクしていない可能性もある。この順序だけが七不思議と関係のない学校の怪談だったとしたら……」

「だとしたら？」

「今日はもうなにもできない」

「明日《あした》になるってことですか！」

「いや、明日は夜勤じゃないんだ……」

「そんなの理由になりませんよ！　どうにかしてください！」

ニノとピカリンは訳アリのふたりだ。話によるとこういった学校にふたりを手配する機関があるという。ピカリンの体質を考慮してのことなので、学校や地域に迷惑をかけることは厳禁。そのため仮初《かりそめ》だとしても校務員として着任した以上、そこのルールは順守しなければならない。破れば即刻解任だってあり得るとニノは言った。

「だから〝そんなの〟って理由じゃない。悪いがな」

「でもこれがハズレなら一体次はいつになるんですか！」

「次は三日後だ」

「遅いですよ！」

散々、ハンドを待った。今だって無事かどうかすらわからないし、ピカリンだっていなくなってしまった。たった二日間だとしても待っていられない。

「じゃあ、もしもそうなったら僕ひとりで行きます」

「お、おい」

「なんですか、僕は本気で――」

「ない、なくなってるぞ骨格標本！」

えっ、と声が漏れる前に飛び上がった。

ニノの肩に白い骨の手が乗っていたのだ。

「ちょ、ニノさん肩！」

慶太の声に反応し、咄嗟《とっさ》にニノは飛び退いた。

だが背後にはなにもおらず、ふたりは呆然《ぼうぜん》とする。

「い、いま本当に……」

「わかってるよ。なにが起きたって変じゃない」

さっきの音楽室での騒々しさを思うと、今度は静かすぎた。

ニノと共に、わずかな音も聞き逃さぬよう耳を澄ましつつ室内に動きがないか警戒した。

ジ……ジジ……

どこからともなくノイズ音が聞こえてくる。反射的にホワイトボード上のスピーカーに振り向いた。

ジジ……ジ……

やはり音の出どころはスピーカーのようだ。考えるまでもなく、こんな時間に校内放送があるはずがない。

『ジ……の……みなさんに……お願……いが……あ……りま……す』

ノイズが烈《はげ》しく聴き取りにくい。集中しないと聴き逃しそうだ。

『血が……足りません……血……を必要な……ので』

血？　血が必要だと言っている。

また物騒なことを言いはじめた、と寒気がしてくる。まさか血をよこせ、などといわないだろうな、と思いながら辛抱強く続きを聴いた。

『……を生物……講義室に……手配……し……ま……した』

スピーカーはそこまで告げるとブツッと乱暴に切れた。

「なんなんだ、なにがはじまる？」

「わかりません……」

教卓の下から突然、骨の手が生えた。

突然のことで思わず身構えると、教卓の上にいつのまにか置いてあった空の注射器を摑《つか》んだ骨の手が、注射器を手にしたまま手を突き、やがて髑髏《どくろ》の頭が姿を現した。

「ずっと教卓の下に隠れていたんだ！」

「知恵つけてんじゃねえよくそ！」

そして音もなく立ち上がるとようやく、注射器を手に持った骸骨《がいこつ》がカタカタと骨同士をぶつける音を立ててこちらへ向かってきた。

「見た目ヤバすぎるだろあれ！」

「うわあああ！」

すかさず骸骨から距離を取り、机を挟む。骸骨は見た目こそ凶悪だが動き自体は緩慢で、行動は捉《とら》えやすい。

奴の標的は慶太たちだ。こっちを追って来るのならば、素早い動きで翻弄《ほんろう》して教室をでてしまえばいい。

いわずもがな、ニノはそれを察すると自らがおとりになった。

「運動神経はお前よりいいからな。それより扉に急げ！　怪異は起こったからここには用はない！」

「はい！」

ニノの指示通り、ドアに向かって走った。

そして、扉を開け——

「えっ、どうして」

「慶太、開いたか？　そっち行くぞ！」

「待ってください、開かない……開かないんです！」

「なんだと？　鍵《かぎ》がかかってるだけだろ！」

「鍵って、仮に外から掛けたとしても内鍵は開けられますよ！　そういうことじゃなくて本当に開かないんです！」

うそだろ、とニノがつぶやいたのと同時に、骸骨が机に乗り上げ襲い掛かった。

注射器が宙を飛び、危なげもなく避《よ》けたニノはこっちへ走り寄ってくる。

「代われ！」

扉に手をかけ、全力で引くがニノをもってしてもビクともしない。

骸骨はまた起き上がり、こちらに顔を向けた。

「来ますよ骸骨！」

「くそっ！」

すこし引き付けておいて反対側の扉に走る。骸骨はなにもないところでまた注射器を振り下ろし、またこちらをゆっくりと向いた。

「こんなの繰り返していても意味なくないですか！」

「扉が開かないんじゃどうしようもねえだろ！　窓から飛び降りろってか」

ニノは苛立《いらだ》った声音でやはり開かない扉を必死に引っ張る。

ドンドンドンドン！

「うわっ！」

「わああ！」

突然、開けようとしていたドアが外側から烈しく叩《たた》かれた。磨《す》りガラスの小窓にはうっすらと人影が透けている。

「人だ！　すみません、開けてください！」

待て！　とニノが叫び、扉から離れる。

「なんなんですか、助けてくれるなら誰だっていいじゃないですか！」

「バカいうな、一体誰がここに来るってんだよ！」

ドンドンドンドン！

『宮下《みやした》さん、大丈夫ですか。宮下さん、開けてください』

扉の外で呼びかけるのは女性の声だった。反射的に扉に近づこうとするがニノに阻まれる。

「助けが来たんですよ？　なんで――」

「宮下って誰だ。お前、なんなんだ！」

慶太の話を無視してニノはドアの向こうの人物に問い質《ただ》した。

『宮下さん、その注射器でどうするつもりですか。宮下さん、変なことは考えていないですよね』

「注射器……」

「よけろ！」

ニノの叫び声と共に突き飛ばされた。その反動でうしろに倒れ込み、一回転してしまう。

「ニ、ニノさん！」

すかさず顔を上げるといつのまにか骸骨がそこにいた。注射器を振り下ろした体勢の骸骨と、手の甲を押さえているニノ。そこから一筋の血が滴っていた。

「かすっただけだ、大声だすな！」

　あんただって声でかいんですけど、と言いたいのをぐっと堪《こら》え、成り行きを見守った。

　骸骨に重い蹴《け》りを食らわせると、騒がしい音を立てて吹っ飛んだ骸骨がバラバラになる。

「やった！」

「どうせまた復活する！　それよりも今はここからでる方法だ！」

　扉はドンドンと鳴り響き、外から呼びかける声は途切れなかった。

「そういえば、あっちに準備室の扉があります！」

　指差した先はもともと骨格標本があった方角だ。ホワイトボードの脇にドアがある。

　前後方の扉がどちらともダメで、窓からも飛び降りられないのならそこしか逃げ込む場所はない。

「中に外へでる扉はあるのか」

「なかった気が……」

「なんだよ、じゃあ中に入れても袋小路じゃねえか！」

　それでもここで延々逃げ回っているよりはずっとマシだ。中から鍵を閉めてしまえば、すくなくとも身が危険に晒《さら》されることはない。

「くそっ、とりあえず仕切り直すぞ」

　ふたりでドアに駆け寄り、ノブを回した。

「開いた！」

ここも閉まっているのではと不安だったがなんとか入ることができた。

「早く閉めて！」

「うっせ、焦《あせ》らせんな！」

すこしして閉まった！　と叫んだ直後、がちゃがちゃとノブを回しドアを押し引きされる。

「あっぶねー！」

「た、たすかった……」

棚にもたれかかるニノの横で、安堵《あんど》からへたり込む。気づけば汗をぐっしょりと掻《か》いていた。

「……でも根本的な解決にはなってねーよな」

「まあ確かに」

「あの骸骨ってさ、作り物だよな？」

「たぶん……」

ニノが言わんとしていることはわかっていた。外からやってきた何者かは扉を叩きながら「宮下さん」という人物に呼びかけていた。

そして「注射器」という言葉も。

状況だけ見れば、あの骸骨……骨格標本が「宮下さん」であるように思う。だがそれ以前にあの骨格標本は本物の人の骨ではない。

「前に知り合いの霊能者が言ってたんだけどよ、人の霊魂とかそういうのって人の形をしたものに入ることが多いんだってさ。例えば人形とか、模型とか」

「つまり……骨格標本も人の形をしているから、ということですね」

だからといってどうすればいいのか。

狭い準備室の中で途方に暮れる。このまま朝になるまでここからでられない、なんて冗談ではなかった。それに対処法がわかっていないのなら、後日出直したところで結果は同じなのは目に見えている。

「そういえばあの骸骨、血が必要とか——わあっ！」

ふとよぎったことを口にだそうとしたところで思わず叫んでしまった。

「な、なんだよ！　大声だすな！」

「か、肩……」

「肩？　肩ってなんだよ」

ニノは首をいっぱいに捻《ひね》りながら交互の肩を確かめた。

「……ん、なんだこれ」

そしてそれに触れた。

「うおっ、ほ、骨だ！　骨の手！」

それはあの骸骨《がいこつ》が動きだす前、慶太がニノの肩に見た骨の手だった。それも、見た時と同じところに乗っている。

「も、もしかしてあの時からずっとそこに乗ってたんじゃないですか」

「うそだろ！　気味悪《わり》ィ！」

慌てて肩を払うと骨の手は床に落ちた。

「うげっ」

落ちた骨の手がひとりでにカタカタとうごめき、ニノは苦い顔つきになった。

「……というか、このシチュエーションでニノさんの顔もだいぶ怖いですよ」

「うっせ」

「それ、取らないんですか」

「なにがだよ」

「その包帯ですよ。なんていうか……キャラとかじゃないんですか」

「そうだよ。そういう設定なんだ。外したら設定の意味なくなるだろ、だからほっとけ」

「でも苦しくないんですか、ずっとそうしてるの」

「いいんだよ俺のことは。それよりお前も考えろ」

確かに……と思い、重い腰を上げた。

中を見回す。準備室は狭いし物で溢《あふ》れている。どこになにがあるか、誰も把握していないのではないだろうか。

常備品や薬品、実験器具だったり、用途不明の怪しい機械もある。かと思えば、手作りの看板や工作物まで乱雑に置かれてあった。

「そうだ慶太、血とかないのかよ」

「血？」

「ほら、輸血袋みたいな。実験で使う血みたいなの」

「ないですよ。病院じゃないんですよ。仮にあったとしても常温庫で保管するわけないじゃないですか」

「そんな心からバカにしたような言い方すんなよ。年上だぞ」

「そうでした。すみません」

本気で忘れていた。

「そういえば、なんでニノさんはピカリンに敬語使ってるんですか」

「そりゃあ先輩だからな」

「へっ？」

慶太の間の抜けた声でふたりは目が合った。

「あっ！　……ああ、ええっと、あれだ。先輩の娘さんで……」

「いや、歳近すぎるでしょ」

「じゃなくて、あれだよあれ。先輩の妹でさ、すげーおっかねーの」

しどろもどろで答えるニノは、明らかになにかを隠している様子だった。もうすこしこのことについて追及したい気持ちはあったが、そんなことをしている場合ではないと自戒し、棚に目を戻した。

「……でも、血はないにしてもそれがヒントだと思うんですよね。血に代わる、なにかがここにあればビンゴ、って感じなんですけど」

「〝血に代わるなにか〟ねぇ……」

ニノもしらみつぶしに中を探索する。重い機材や大きなものの物陰を率先して調べているのを見て、自分の役割を心得ている人なのだと感心した。

棚の奥に小さな箱があった。取りだしてみると緑十字が印字されている木箱だった。

「薬箱？」

つぶやきながら蓋《ふた》を開ける。

薬品が詰められているのかと思ったが、予想に反して箱がみっつしか入っていなかった。それも全部同じものだ。

「マーキュロクロム液……」

そう書かれた白く四角い紙箱の中にはプラスチック容器がある。新品らしく、中はいっぱいだ。

「あ、それ赤チンじゃん」

「赤チン？」

「おう。昔は擦り傷とかにこれ塗ってたんだって。うちには置いてなかったんだけど、じいちゃんの家にあってさ。昔、遊びに行った時に怪我して「これ塗っときゃ治る」って塗りたくられたことあんだよ」

「へぇ……」

「でもこれ真っ赤っかだからさ、びしょびしょにされたら俺の血なのかこれの色なのかわけわかんなくなって。今はもう作ってないって聞いたけど」

　確かに見たことがない。赤チンという薬品もはじめて聞く名だ。だがそれよりも気になったのは。

「血と見分けがつかないくらい赤い……」

「そうなんだよ～。なんでそんな色にしたのかって思うぜ」

「これかもしれない」

　言っている意味がわかっていないニノが小首を傾げている中、不安もよぎった。血のようだからといって、色だけであれを騙《だま》せるのだろうか。それにこれが違ったら……。

「なに考えてるのかわかんねーけど、失敗を恐れんな」

「……え」

「俺たちはもう怪異に遭っている。だからここさえでられればクリアってことだ。だからあの骨野郎に効かなくたってまた品を替えて出直せばいい。むしろ失敗なら失敗って早くわかったほうが戦略的じゃねえか」

「うん、そうですね」

　骸骨の動きは緩慢で遅い。仮にドアの目の前にいたとしてもタックルすれば容易に突破はできる。何度でもチャレンジができると思えばまだ気が楽だ。

棚には水垢《みずあか》で汚れた古いビーカーがいくつもあった。それに赤チンをすべてあけ、手に持つ。

「どうすればいいと思いますか、かければいいのか、おびき寄せればいいのか、それとも……」

「そんなこと俺がわかるかよ。直感でいけ直感で」

いくぞ、という掛け声。ニノの片手はノブを握りもう片方は内鍵《うちかぎ》をつまんでいる。慶太がうなずくとノブと内鍵のつまみを同時に回し、勢いよく開けた。

『血ぃいいいい！』

待ち構えていたかのように襲い掛かってきたのは思っていた骸骨とは違った。半分骨だが、半分焼け爛《ただ》れた肉がこびりついた……人間だった。

「ひいいい！」

「怯《ひる》むな！　やれ！」

ニノの声で飛びかけた意識が一瞬、戻ってきた。

「うわあああ！」

そして、ビーカーごとそれに投げつける。ガラスが割れる音と同時にニノが慶太を準備室に引き寄せ、すぐさまドアを閉めた。

「……はあっ……はあっ……」

放心状態でへたりこんだ。頭が真っ白で何も考えられない。

物音は止んだ。さっきのようにドアを開けようともしない。烈《はげ》しい自分自身の息遣いだけが静寂の中で暴れていた。

「……様子、見てみるか」

ニノは慶太がうなずくのも確かめず、音を立てないよう内鍵を解き、ゆっくりとノブを回す。押し開いたドアの隙間を覗《のぞ》き込み、骸骨の様子を窺《うかが》った。

しばらくそのようにしてから、やがてニノは大きくドアを開いた。

「もう大丈夫だぞ、慶太」

「本当ですか……」

ニノの陰からおそるおそる教室の様子を覗いた。

床に広がる真っ赤な血だまり……ではなく、赤チンだまり。それに砕けたビーカーの破片が散らばっている。

だがそこに骸骨の姿はなかった。

「ど、どこに……」

「そこだよ」

ニノが親指で示す。

「わあっ！」

ドアから顔をだして見ると、目の前に肋骨《ろっこつ》があった。

「落ち着け、ちゃんと見ろ！」

ふたたび中へ逃げ込もうとする首根っこを捕まえ、ニノは強引に顔をださせた。

「…………あれ」

胸のあたりが真っ赤に汚れた骨格標本がそこにあった。

そういえばもともとここにあったものだったことを思いだし、元の位置に戻ってきたのだとわかった。

「だけど赤チンで汚れてる……」

「ああ、だからさっきのはこいつで間違いないってことだ。どんだけ眺めてたって動く気配はないし、もう大丈夫だろ」

「外の連中も静かになったし、こっちも開くんじゃないか」

そう言って扉に手をかけると、あっけなく開いた。

ニノは堂々と準備室をでて出入口の扉へ向かった。

「ま、待って！」

さっさとでていこうとするニノを追おうとするが、赤チンまみれの骨格標本の前を横ぎるのは度胸が必要だった。

慶太はニノのようにそこまで早く割り切れない。

「早くしろよ、夜が明けちまうぞ」

言い返す気力はすでに失せていた。

■学校の七不思議⑥・魔の十三階段
～職員室そばの階段は十二段だが夜に数えると十三段ある。十三段目は異世界への入り口になっており一度迷い込むと帰れない～


「疲れた……」

　もはや気を遣うのも忘れ、本音を吐露していた。

　ニノはさっきまでのことがなかったかのように平然とし、例の階段へと向かっていく。見た目通りのタフさに羨《うらや》ましさを感じた。

「でもこれで最後ですよね」

「最後だっけ」

　ニノは歩きながら小さく首を傾げた。

「……いや、違うぞ。まだ最後じゃない」

「そうですけど、最後みたいなものじゃないですか。六つめですし」

「待て、お前数え間違えてないか。次で五つめだぞ」

「いや、間違ってないですよ！」

　とぼけるニノにひとつひとつ数えてやった。

「いいですか、最初にトイレの花子さん——」

「ああ、それだ」

「はい？」

「それは数えない。七式開門の準備段階みたいなもんだ」

ちょっとなに言ってるかわかんないですね。

という顔をしていたのか、ニノは一旦《いったん》立ち止まった。

「アレは〝七式開門をいまからはじめるぞ〟という儀式みたいなもんだ。あそこで下級霊を呼びだして、七式開門の立ち会いをさせる」

「立ち会い？　いや、でもあのトイレでもしっかり怪異は起こりましたよ！」

「あー……もっとわかりやすく言おう。七式開門の証人は別にトイレの花子さんじゃなくていいんだ」

はあ？　と遠慮のない声量で返す。

「うるせーな、どこの学校でも同じだぞ花子さんの手順は。最初にそれを呼びださないと七式開門は完了しないし、怪異も起こらない」

ニノ曰《いわ》く、最初の手順だけは降霊術ならばなんでもいいそうだ。

例えばこっくりさん、ひとりかくれんぼ、だるまさんが転んだなんかもそうらしい。

とにかく、どういう方法であっても〝霊を呼びだす儀式〟ならばなんでもいい。

ピカリンとニノがトイレの花子さんを選んだのは、それがもっとも手っ取り早い降霊術だったからだ。

「なにしろ用意するもんもないし時間もかからない。俺たちはどこの学校で七式開門をするにも大体花子さんを呼ぶな」

ちなみにいうと、『花子さん』や『こっくりさん』という固有名詞をもつ霊はいないらしい。あくまで周囲の下級霊が集まってきて、最初に反応したのが立会人として成立する。

あの時、花子さんへの呼びかけに返事をしたのは花子さんの降霊術における【幽霊側《あっち》のルール】なのだ。こっくりさんやひとりかくれんぼも同じである。

ルールに則《のっと》る以上、七式開門に付き合わねばならない義務が生じる。ほとんどの下級霊がそれを知らずにやってきて、立会人にさせられるのだ。

聞いていてなんだかかわいそうになってきた。

「この世とあの世を繋《つな》ぐっていうのはそういうことだよ。生きてるものも死んでるものもリスクは同じだ」

ニノは答えるとようやく歩きはじめた。

「だから、これから行くのは五つめだ」

「じゃあ、まだあるってことですか……」

「落ち込むな。悪い報《しら》せばっかりじゃないぞ、五つめと六つめは隣りあわせみたいなもんだ」

「それはどういう意味ですか」

話している間に階段までやってきた。

「よし、ここを上がればこんにちは異世界だ」

そう言って先に上がろうとするニノの横に慌てて並んだ。それと今はこんばんは、だ。

「いくぞ。いーち……」

二……三……四……五……六……七……八……九……十……十一……

「十二」

そこから先はなかった。

「……ニノさん、十二段しかないですけど」

「あれ？　おかしいな」

ニノは不安を振り払うように笑い飛ばし、もう一度やってみようと一番下まで戻った。

「きっと数え間違いがあったんだ」

「数え間違いというか、本来十二段で合ってるんですけどね」

「うるせえな、話の腰折んな」

そう言って再び横に並んだ。呼吸を整えるとニノが「せえの」と号令をかけた。

「七……八……九……」

「十……十一……十二」

ない。きっかり十二段だ。

「なんだ、どうなってる！」

「階段の場所が違うんじゃないですか」

「そんなわけないだろ！　いや、そうなのかな」

　ニノはわかりやすく狼狽《ろうばい》していた。こんな風に取り乱すニノは新鮮だった。

「ここの七不思議だと、この階段のはずなんだけどな」

　ぶつぶつと言いながらニノは何度も数えながら階段を上がった。だが結果はいずれも十二段。十三段もない。

「なあ慶太、お前はどう考える」

「どうって言われても、僕はわかりませんよ！」

「小説家なんだろ、こういう時になんか手があるんじゃねえのかよ」

「無茶言わないでください！　小説家って言ってもミステリーは専門外ですよ」

「じゃあお前ならどんな理由を作る？」

「理由……ですか？」

　ニノは真剣なまなざしで慶太を見つめ、自分の小説だとすればどんな仕掛けをするか考えてみろと言った。

「そんなこと言われても……」

　困惑しながらも試しに考えてみることにする。仮にニノとピカリンが登場するホラーを書いたとして、七不思議の階段で同様の壁にぶち当たったとしたら。

　十三段なければならない階段が十二段しかない――いや、十二段が十三段で……。

「こんがらがってきた。ええっと、十三段が十二段……じゃなくて逆か」

腕組みをし、首を傾げた。

「逆？」

なにか引っかかる。仮にキャラが階段を上がって十三段目が現れないとするなら、そいつならどうするだろうか。そうだ、たとえばピカリンなら。

「ピカリンならこうする」

「ピカリン？　なんでピカリンがいま出てくるんだよ」

「ちょっと試してもいいですか」

要領を得ない様子のニノと階段を駆け上がった。

「数えてないけどいいのかよ」

「ピカリンは十三段目がないことに疑問を抱きます。この階段で合っているし、七不思議の条件も満たしている。それなのになぜ十三段目が現れないのか」

「おいどうした、ピカリンはいないぞ」

「ちょっと静かにしてください。ピカリンは小説のキャラです」

ニノの頭上にいくつもの『？』が浮いている。納得してはいないがひとまず慶太を見守ることにしたようだ。

「ピカリンは……」

慶太の頭の中で小説のキャラクターとしてピカリンが動きだした。

　十三階段にまつわる七不思議とはこうだ。

〝職員室そばの階段は十二段だが夜に数えると十三段ある。十三段目は異世界への入り口になっており一度迷い込むと帰れない〟

　小説の中のピカリンは毒舌だがクレバーだ。思考のターンになると冷静にテーブルの上の材料で推察する。

　ピカリンは言う。

『この七不思議の文言だと〝夜に数えると十三段ある〟としか明示されていない。つまり十三段目が十二段目の上にあるとは限らない』

　そうなると導き出される答えはこうだ。

「ニノ、いくよ」

「え？　あ、おお……」

　ピカリンになりきっているとも知らず、慶太に突然呼び捨てにされたニノは気の抜けた返事をした。慶太はピカリンのまま、階下を見下ろしている。

　そして、おもむろに足を踏みだした。

「一……」

　ニノが目を丸くしたが、慌てて慶太に倣った。

「二……」

　慶太は段数を数えながら、階段を下りてゆく。

「三……四……五……」

七……八……九……十……

「十一……」

「十二……」


十三。

「やったよニノ！　十三段あった！」

慶太に戻り切っていないのに、ついはしゃいだ声を上げた。

「ああ、よくやった慶太」

突っ込むでもなくニノは正面を見据えていた。先にその様子に気づき、そのまなざしの向くほうに目をやる。

「え……」

そこには想像もしていない光景が広がっていた。

旧校舎の怪

1

ここは変だ。絶対におかしい。ハンドは走っても走っても端に着かない廊下を力の限り走った。スマホも充電はまだあるはずなのに完全に不通だ。ネットにも接続しない。

圏外の表示もアンテナの表示も異状はない。それはつまりここが普通の場所でない証左となった。

ここは一体何なんだ。

一見、学校のように見えるが違う。いや、むしろ学校をそれとして使っているというのが正しいだろう。

通りがかりの一室に入った。中には床に布団がいくつかある。どれも畳まれていた。ひとまず出入口が見通せる部屋の隅に身を寄せ、膝《ひざ》を抱いた。

どこに行っても暗い。電気は裸電球で、なぜか黒い幕がかかっていた。点《つ》けると目立つので点けないが、どうしてわざわざ光を殺すように施しているのかわからなかった。どこか緑がかった月の明かりが仄《ほの》かに窓から差している。気味が悪いがこれのおかげで完全な闇にならず助かっている。

「腹減った……」

もうどのくらい食べていないだろうか。時折、洗面所などで水を飲んでいるのでなんとか生きてはいるものの、気を抜くと空腹で気を失いそうだ。いや、気を失えば空腹を一時でも忘れられるのでそのほうがいいかもしれない。だが思いに反し、空腹はハンドの意識を攫《さら》うことはなかった。

「どうやったらでられるんだ」

涙がでそうになるのを堪《こら》える。無駄に水分を消費したくなかった。

扉を睨《にら》みながらハンドは自らに起こったことを振り返る。

慶太と学校に忍び込み、怪しいというふたり組を捜した。その過程で行ったトイレで妙な現象に遭遇し、さらに不可解な事象が起こりそうな気配を感じてそれを追ったのだ。

今思えばあの時、ハンドは興奮状態だった。物事を冷静に判断できる状態になく、とにかく目の前の好奇の対象に向かって猪突猛進した。

あの時の興奮状態について自分自身でさえ説明ができない。ただ、呼ばれていた気がしてそこへ行かなきゃいけないという使命感があったのは確かだ。

気づけば慶太の姿はなく、ひとりになっていた。

それでも動じなかった。むしろひとりになって動きやすくなったとさえ思ったくらいだった。動画を撮影しながら、実況ともいえない支離滅裂なことを喋《しゃべ》りながら学校を走り回ったことは覚えている。

そこから、なにがどうなったのか——。

ハッと我に返った時にはもう病院にいた。自分がどのような過程で、こんなところに来たのか……まるで見当がつかなかった。

最初は状況が理解できず、歩き回った。校舎をそのまま使っていることはすぐにわかったが、なぜ校舎を使っているのかはわからなかったし、なによりそこは自分がいたはずの慶太の高校ではなかった。

木造で古ぼけた……歩けば板が軋《きし》むような、歴史の教科書でしか見たことのない使い込まれた校舎。例えば、学校の怪談などでよく登場する『旧校舎』。実際に知らなくとも、聞けばついイメージしてしまうような木造校舎そのものだった。

教室だっただろう広い部屋は、床に直《じか》に敷かれた布団に患者が横たわっていた。暗くてよくは見えないが、ほとんどは怪我人のようだ。眠っているものは少なく、誰もが痛みや苦しみに呻《うめ》いている。

それがあちこちから聞こえてくるので、立っているだけで頭がおかしくなりそうだった。

『うう～』

『熱い……熱いぃ……』

『痛いよ、誰か、痛い』

耳を塞《ふさ》ぎ、廊下を行く。出口を探して彷徨《さまよ》うがどういうわけかどれだけ下りても一階には着かず、外にでる玄関もない。窓の外を覗《のぞ》くが漆黒の闇でうっすらともなにひとつ見えない。

次第にここがこの世ならざる場所なのではないかと思いはじめた。

必死に自分自身を否定しようとするが、もうひとりの自分がことごとく受け付けない。

それに、怪我人はいても話せるような状態の人間は誰ひとりとしていなかった。

思い切って呻いている患者に声をかけてみたが、ハンドの声が聞こえていないのか、それどころではないのか、まったく反応を示さない。ただひたすらに苦しみを訴えているだけだった。

『助けてぇ』

「うわあ！」

腕を掴《つか》まれて思わず飛び退《の》く。

頭や手、必ずどこかに包帯をしていて、中には手足が欠損しているものもいた。

暗闇にうめき声、そして漂う血と肉が傷んだような臭い……。ハンドはここは地獄だと思った。

「ひい……っ！」

そうして病室を飛びだした時、はじめてアレと遭遇したのだ。

『宮下さん……衛藤《えとう》さん……藤田《ふじた》さん……』

ここへ迷い込んではじめて聞く人の声だった。

思わず跳び上がり、助けを求めて声のほうへ駆けようとした。

『許してください……非常時なんです……』

その異様な声がハンドの足を止めた。がさがさに掠《かす》れ濁った、おそらく女の声……正常な人間のそれではないことだけは直感的にわかった。

一度向けた足を切り返し、一目散に逃げた。

ずっ、ずっ、ずっ……

背後からなにかを引きずる足音が迫ってきた時、アレにだけは絶対に見つかってはならないと強く思った。

『ああ～看護婦さぁ～……ん……痛いんです、助けて……』

ふと背後で患者が這《は》いでてくる気配がして、咄嗟《とっさ》に物陰に隠れて様子を窺《うかが》った。

ずっ、ずっ、ずっ、

異様な足音で姿を現した〝ソレ〟は、這いつくばって救いを求める患者を見下ろす。

『すぐに楽になりますから……動かないでくださいね……』

ぶちゅっ、ぐちゅっ、

『あっ……あ、いっいっひっ』

脊髄《せきずい》を直接舐《な》められたような、生理的に受け付けない悪寒が頭上を抜けてゆく。

なにをされているのかわからないが、残虐な方法であの患者は殺されている……直感的に思った。

ぶちゅっ、ぐちゅっ、

凍り付いた体を無理矢理動かして、〝ソレ〟が患者を殺すのに没頭している間にそこから逃げだした。

――それが〝ナース〟との遭遇だった。

本来は違う呼び方があったのかもしれないが、目に飛び込んできた〝ソレ〟をハンドは〝ナース〟と認識した。

そのあと二度遭遇し、一度は捕捉《ほそく》され捕まりかけた。

もうあんな失態は冒せない。

回想に耽《ふけ》るほど帰りたい思いと、ここからもうでられないという絶望が交錯する。

考えはじめると深みにハマり、そもそも慶太の話に乗ったことが諸悪の根源だと行きつく。やがてすべて慶太が悪い。慶太が憎い。慶太と替わりたい。そんな思いに支配された。

ネガティブな思念に支配されるほど、心が安らいでいく。その矛盾に薄々気付いていながらもハンドは止められなかった。

「……あ、まただ」

ふと手を止めた。無意識に腕を掻《か》いていた。ここへ来てからあちこちが痒《かゆ》い。気づけばぼりぼりと掻きむしっているということがよくあった。

特に左手の痒みが強く、ふとした時にいつも掻いている。しばらく風呂《ふろ》に入っていないからだと思ってはいるが、どうもそれにしては不自然な気がしていた。

掻いていた左手の患部に触れてみるとうっすらと腫《は》れている。掻きすぎてしまったと思い、左手を見た。

「…………あれ」

左手の甲、手首よりすこし下の場所がピンポン球ほどの大きさに腫れあがっている。自分でも驚くほど、気づかない内に腫れていてぽっこりと盛り上がっていた。

だがハンドはそれとは異質な違和感を覚えた。腫れていることよりも、この瘤《こぶ》が蠢《うごめ》いているように見えたのだ。

薄明かりに手を突きだし、さらに凝視した。

瘤には発疹《はっしん》がひとつ、ふたつ、みっつ……どれも大きさは違うが心なしか人の顔に見える。

点がみっつあると人はそれを人の顔だと認識しやすい、と聞いたことがある。シチュエーションも手伝って、そのように錯覚しているだけだと言い聞かせようとした時だった。

発疹のひとつが小さく裂け、パックリと割れたのだ。

「うわっ！」

　驚いて思わず声をだしてしまった。裂け目からは一筋の血が流れ落ちる。だが驚きはそれだけに止《とど》まらない。割れた裂け目がぱくぱくと開閉していた。

「な、なんで……これ」

『熱い……たす、たす……けて』

「ひぃやあああ！」

　絶叫を上げ、腰を抜かしてしまった。

　瘤が喋った。それもうめき声を。そして咄嗟にハンドは連想してしまった。

　喋る瘤はまさに……病床で苦しむ怪我人のそれだった。

「はあああ！」

　一度決壊したらもう叫びは止まらなかった。止めようにも思考がぐちゃぐちゃに混線して収拾がつかない。

　やめろ！　ナースに見つかる！

　わかっていながらも自らの体に起こった異変に声が止まらない。体を動かすことすらままならなかった。

　それに腰を抜かしているため、身動きもとれず、絶体絶命だ。

『苦し……い、くるし』

「いいいっ！」

ようやく動いた右手で自分の口を塞いだ。しかし喋《しゃべ》る瘤に目は釘付《くぎづ》けのままだ。

――ずっ、ずっ、
来た！

やはり感づかれた。隠れているわけでもない今、ここに来られたらもう終わりだ。

腰が抜けているため、前回のように走って強引に逃げることもできない。

時すでに遅し、と思いながらも必死に口を押さえ、気づかれないよう祈った。

ずっ、ずっ、ずっ、
だめだ。こっちに来ている！

気が遠くなりそうだった。このままナースがやってくるのをおとなしく待っていることしかできない。

『痛ぃ……痛いよぉ……』

だまれよ！

心で叫びながら、開いた瞳孔《どうこう》で扉を凝視した。

ガラ！

ハンドが見ている前で、扉が勢いよく開いた。

2

ずっ、ずっ、ずっ……

呼吸音すら致命的な事態につながりそうな緊張感の中、ナースの足音がすぐそばまで来ていた。

『お薬……足りません……』

今だけは心臓さえも止まって欲しいと願った。張り裂けんほどに打つ鼓動で気づかれるのではないかと生きた心地がしない。

ずっ、ずっ、ずっ……

ゆっくりと、だが確実に足音は遠ざかって行った。腰は抜けたままで動けない。

やがて足音が完全になくなったのを確認すると、ハンドの手の上から口を押さえ、喋る瘤をもう片方の手で摑んでいたのを解いた。

その人物が何者かわからない。突然扉を開いて入ってきたかと思うと背後から口を手を押さえてナースが去るのを待ったのだ。

だが人間なのか、病院のものか、どっちだ。

「動ける?」

無言でうなずく。すると背後で立ち上がるのがわかった。

「だったらさっさと立てよグズ。金玉潰《つぶ》すぞ」

「えっ、へ？」

「気持ち悪い声だな、動けるっつったよね？　自分で言ったことくらい責任持てバカ」

状況が呑《の》み込めず混乱したが、ひとまず言われた通りハンドは立ち上がった。

「あ、あの……」

「あんたがハンド？」

「えっ、そ、そうだけど」

「初対面には敬語！」

「そうです！」

はあ〜あ、と大きな溜《た》め息を吐き、目の前の少女はうつむきながら大きく首を振った。

「あー、やっぱあのキモオタいらなかったかー。うちが先に見つけちゃったもんな」

「あの、人間……ですよね」

「カモノハシに見えるのかよテメー」

「い、いえ。すっげえかわいいです！」

「は？　そりゃどーも」

わけがわからない。一体なんなんだ？

混乱は一向に収まらず、それでも突然現れた自分以外の人間を前にハンドは感動を抑えられなかった。なにより超がいくつもつくほどの美少女だ。

「なに泣いてんの、キモ。キモキモキモキモ」

「あれっすか……女神とかですか。女神って本当に美人なんすね」

「顔のことしか褒められねーのか。それ以外に語彙《ごい》もってないならそのまま死んどけ」

「ぐっ、この痛みは……どっちの痛みだ」

とてつもない毒を吐く少女だった。だが、どうも既知感がある。

少女は金髪で首にヘッドフォンをかけていた。その特徴に見覚え、いや聞き覚えがあった。

「もしかして山城光……」

「うっせーな、どいつもこいつも。ピカリンでも光でも好きなように呼べよ」

「ピ、ピカリン」

「やっぱなし、ピカリンって呼ぶな。想像以上に耳障りだ」

心の底から滲《にじ》み出るような嫌悪感まるだしの顔で見られる。新しい扉が開きそうになった。

「あ、あのＬＩＮＥやってます？」

「そんな口利ける余裕あんだ……呆《あき》れた。ていうか、ここからでられると思ってんの」

「だってピカリン様がこの俺を……」

「ピカリン様言うな。言っとくけどここからはでられない」

「そんなぁ！」

「うるさい」

バチン、と頬が痺《しび》れた。ピカリンは躊躇《ちゅうちょ》なくハンドの頬を打《ぶ》った。ありがとうございます。

「ここからでられるかどうかは外のあいつら次第。せいぜい祈っとけ」

「外のあいつら？」

「あんたの従弟《いとこ》だよ。それとうちのニノだ」

言われてもすぐにはわからなかったが、すこししてそれが慶太のことだとわかった。

「け、慶太が」

ついさきほどまでこうなったのはすべて慶太のせいだと責めていた。自分も率先してそれに乗ったことを棚に上げ、すべてを慶太ひとりの罪だと思い込もうとしていた。そんな自分が急に恥ずかしくなる。

「そうか、慶太が……。あいつ怖がりなのに、この俺のために」

「マジで迷惑でさ、ギャーギャー喚《わめ》いてうるさいし、邪魔以外の何でもない」

「でもあいつは来てくれたんですよね」

ハンドは慶太のせいにしようとしていたことをピカリンに告げた。人に話すことで罪滅ぼしの代わりになるかもしれないと思った。

ピカリンはそんなハンドの告白に何度も「キモ」と言い放ち、最後まで聞き終えるころには実に四十回もの「キモ」を連発していた。

「ただ、あんたのその気持ちはあながち間違ってない。ここは業の塊だから負の感情を抱くだけで気持ち良くなる。その瘤《こぶ》だって無関係じゃないし」

「そうだ、この瘤！　喋るんです、それが怖くて……」

「キモさ爆発だな。でもあんたはここに長くいすぎて業に体が影響され始めている。このままずっとここにいると体中人面瘤《じんめんりゅう》になって、最終的にそこらへんで呻《うめ》いてるやつらと同じになる」

　えっ、と発した声が掠《かす》れた。

　これまで散々目の当たりにしてきた苦しみにもがき呻く怪我人たちが目に浮かび、自分と重なる。その瞬間、総毛立つ感覚に襲われ、遅れて震えがやってきた。

「な、なんでこの俺が……こんなところに」

「うちらを尾行《つ》けまわしたりしたからだ」

「うっ、す……すみません」

　殊勝な面持ちで頭を下げる。美人に怒られるのは快感だが、今はそれだけではなかった。あんなことさえしなければ、と本気で悔いている。

　ピカリンは「ふん」と鼻を鳴らしたあと、「それだけじゃないけどね」と付け加えた。

「それだけじゃない、っていうのは……」

「あ～説明クソメンドクセー！　聞け、あのなぁ、普通ここに入ろうと思ったら七つの手順が必要なんだ。それを順番にクリアしてようやく、ここに入る門が開く」

「七つの手順って、つまり学校の七不思議」

「従弟と同じ反応すんな！　要はあんたもうちも〝正式な手順〟を踏まずにここに来た。それがそもそもイレギュラーだったんだ」

「ちょ、ちょっと待って！　この俺はなんで手順を踏まずにこんなところに来たんですか」

「呼ばれたんだよ」

「呼ばれた？」

　ピカリンはヘッドフォンのコードを指でいじりながら、気だるげに語った。

「七式開門……つまり、学校の七不思議はさっき言った通り七つの怪異を順序通りに発生させることにある。要はうちらがこちら側を『ノックして訊《たず》ねる』ってことだ。手順をすべてクリアしているとノックすればドアを開けてくれる。でも、あんたの場合は違う。〝ここ〟に呼ばれた」

「ここ？　なんで……」

「知るか。……って言いたいとこだけど、これについてはうちらの責任でもある。うちらはノックするための手順で最初のいくつかクリアしていた。だからこちら側とほんのすこしだけ接点ができてしまったんだよ。それでこいつらはずっと、こっちに引っ張り込めるやつを探していた」

　ピカリンは言う。

業が渦巻く場所では、業に囚《とら》われた怪異が実体化して彷徨《さまよ》っている。やつらは現世にずっと憧《あこが》れを抱いていて、外にでることを虎視眈々《こしたんたん》と狙っているのだと。

だがそのためには〝誰かと入れ替わる必要〟があった。入れ替わるには業の世界に引っ張った人間を業に染め上げ、同化させる。その代わりにここから一体が外にでることができる。

「まあ、それも眉唾《まゆつば》。ここの連中は長年それを信じているだけで、実際には入れ替わるというよりただ単に人間を取り込んで自分たちの仲間を増やしているだけ。それを不思議に思うような思考能力はとっくに退化してるから気づかない」

「つ、つまり――」

「永劫《えいごう》にこのまんま」

「わからないです、どういうことですか」

「バカは呑気《のんき》だね～。よく聞けタコ、あいつらが手順を踏んでここに来れなければうちらは永遠にここからでられないってこと」

全身の力が抜け、二、三歩あとずさり、その場にへたり込んだ。

「なんで立ったのにまた座るわけ、バカなの」

「ずっとこのまま……」

「心配しなくても、業に取り込まれれば自我らしいものもどっか行くから大丈夫」

なにが大丈夫なんだ。どういう神経してやがるこの女。いや、この美女！

思ってはみたものの、それを口にだすだけの気力はなかった。

「とにかく、今からうちから離れるなよ。離れたら終わりだから」

「うれしいです！……けど、ピカリン様は」

「うちはちょっと特殊な体質だから。すくなくともさっきみたいなのが来ても大丈夫」

「霊能者とか、そういうのなんですか」

「そんなんじゃない。もっと下位互換だ、うちは」

下位互換、とはなんだろう。ハンドは疑問に思ったがそれには触れなかった。代わりに訊《き》いた。

「動画、撮ってもいいですか」

ピカリンはハンドの顔を珍獣でも見るかのような目で見つめた。

「だめですか？」

「ったく、マジで似たもの同士ってか。笑わせる」

ピカリンはいいとも悪いとも言わなかった。ポジティブに捉《とら》えてそれをＯＫととった。

3

■学校の七不思議⑦（七式開門6）・学校の中の病院

～？？？～

信じがたい光景が目の前に広がっていた。

夢かと思い振り返る。慶太がたったいま下りてきたはずの階段は忽然《こつぜん》と姿を消し、暗い廊下が続いている。

「ニ、ニノさん……?」

「そうか、六個めはこれか」

「い、いや、なんで平気なんですか!」

思わず声が大きくなる。疲れていたはずだが慶太の感覚はすでに麻痺《まひ》していた。

「なんでもなにも、まあこういうのははじめてじゃないからな」

「いやいやいやいや! うそでしょ、なんで驚かないんですか! だって――」

無意識に笑いが込み上げてきた。人間、本当に窮地に追い込まれると真逆の表情をしてしまうのだと知る。

平然としているニノに再確認させるように、目の前につづく暗い廊下に手を伸ばした。

「ここ、病院ですよ!」

ずっ、ずっ、

「おい、静かにしろ」

「こんなの、どうやって落ち着けって言うんですか! なんなんですかこれ」

「やめろ!」

ニノが素早く引き寄せ、口を塞《ふさ》いだ。もごもごとうまく喋《しゃべ》れないまま、病室に連れ込まれ、陰に隠れる。

「パニックになってるのはわかるけど静かにしろ。見つかるぞ」

「もごっ……」

なにに見つかるのだ。骸骨《がいこつ》か、音楽家か、はたまた顔が潰《つぶ》れた女生徒なのか。散々な目に遭ってきたというのに、いまさらなにに見つかるというのだ。

『田野《たの》さん……草柳《くさやなぎ》さん……首藤《しゅとう》さん……』

抗議しようとした口がぴたりと止まり、瞬時に体が固まる。ガラガラに爛《ただ》れた、女の声だった。ひと耳聞いただけでそれが人でないことはわかった。

『包帯を替えましょう……体温も……』

さあっと血の気が引いていく。怖気《おぞけ》で震えが止まらない。ニノはそれを察し、慶太の足を強く押さえつけた。

ずっ、ずっ、ずっ……

壁を挟んで向こう、妙な足音はすぐ近くで聞こえてくる。

なんだ……なんなんだよあれ！

目を見開き、音を追う。冷たい汗が額から噴きだすようだった。これまでの骸骨《がいこつ》や女生徒も怖いが、それとはまったく別格の……邪悪なナニカだ。

遠ざかっていく後ろ姿を見てパニックになりそうだった。

カーキ色の汚れた看護服のナニカの足に何人もがしがみつき、引きずられて歩いている異様な姿だった。

「慶太、俺たちはなにからも見つかっちゃだめだ。ピカリンと合流するまではな。だから悪いがハンドよりもピカリンを捜すのを優先するぞ」

　いまさら厭《いや》とは言えない。ここまできたらニノの言うことを大人しく聞いた方がいい。

「あ、あんなのに歯が立つんですかピカリン……」

「大丈夫だ。ただ、それよりも心配なことがあるからな。そういう意味でもピカリンを先に見つけないと」

　そう言ってニノは立ち上がると、あのおぞましい怪物が去ったのと逆のほうへと進んだ。

「見つかったらいけないって、他にもなにかいるんですかここ」

「病院だから患者がいる。ここの患者はまあ、人間じゃないんだろ。見つかると報告されるかもしれない」

「さっきのやつにですか」

　そうだ、と答えるニノのうしろでブルッと震えた。とにかく、ここからはかくれんぼだ。ただし、ピカリンを捜すのが勝利条件。そこからは野となれ山となれ……なのか。

「かくれんぼをしながらピカリンを捜しつつ、七つめの怪異を引き起こす。そんでハンドも助けて一件落着だ」

そうだった。七つめの怪異があった。六つめがこの病院に突入なのだから、もういまさら後戻りはできない。

「ハンドがいるとすればここだ。なんらかの理由でここに迷い込んだとしか思えないな。ピカリンもここにいるといいんだけど……」

ニノはわずかに不安の色を瞳《ひとみ》に宿した。その顔を見て、慶太もまたハンドの安否が気になった。

「行きましょう、ニノさん」

「そうだな。こんなところで突っ立ってられっか」

ふたりで顔を見合わせ、うなずく。やらねばならないことは一致しているのだ、あとは心を強く持つのみ。

覚悟を決めたものの、あちこちから漏れ聞こえてくるうめき声が何度も足を止めようとする。ニノがいなければ一歩も前に進めなかっただろう。

「あの……このこと、小説に書いてもいいですか」

「好きにしろよ。まさか誰も実話だと思わねーだろうし」

「キャラの名前は偽名にしますから」

「それはそうだろ」

「ありがとうございます」

「俺は慶太が小説を書いていると知ってもあまりピンと来てなかったけどな、さっきのはすごいと思ったぞ」

「は……？」

なんの話をしているのかと思ったが、ニノは十三階段でのことを振り返った。

「お前に考えろと言ったけど、過度な期待はしてなかった。でもお前は俺が思っていた以上に状況からストーリーを作って、ピカリンになりきって状況を打破した」

「い、いえ、そんな」

ピカリンになりきるとか恥ずかしすぎる。自分でもあんまり思い出したくない。だがニノはそれも含めて慶太のことを認めていた。澄んだ言葉がそれを伝えている。

「自信持てよ、お前はきっとおもしれー小説書ける。すくなくとも俺はあそこで階段を下るなんて思いもしなかった」

そんなにたいしたことをしたつもりはなかったが、ニノにそう言われると素直に嬉《うれ》しかった。慶太は上ずってしまいそうな声を押し殺し、黙ってうなずいた。

「だからまたなんか行き詰まった時は頼むぜ」

「お役に立てるようがんばります……」

物陰から物陰に移動して進む。医療道具が載ったカート、汚れた包帯、薬の空瓶、ガーゼが散乱した廊下は、作りが学校なだけに特異な不気味さがあった。

「だいたい七式開門ってのは六つめで異界へ行くもんなんだ。言ってみれば門前町に近い。門に近いからこそ業が濃い場所が現れる」

この六つめの異界で彷徨《さまよ》い込み、帰ってこないことが多いためこれが『七つめ』だと誤解されている。七不思議については諸説あるが、『七つめを知ると死ぬ』というものや『七つすべてを知ってしまうと八つめが現れる。八つめで死ぬ』というものが圧倒的に多い。

「あの、素朴な疑問なんですけど、七式開門の七つめの手順までクリアすると一体どうなるんですか」

「なんも変わらねぇよ」

「えっ、ただ怖い思いをするだけのものなんですか。そんなじゃホラーゲームと変わんなくないですか」

「そうだ。ただし……変わらねえ、ってのはあくまでお前たちにとっての話。俺たちにとっては大きく意味がある」

「ピカリンのためってことですよね」

「ああ。七不思議っていうのはすべて知ると死ぬっていうの多いよな？　あれは基本的に本当に死ぬ。七つの怪異をすべて攻略すれば、この学校に溜《た》まった業をすべて背負わされるからな。でもピカリンにはそれが必要だ」

「あの……聞いていいのかわからないんですけど、ピカリンの体と魂が反発しあっているから不安定だって言っていましたけど、それって体は別の人だってことですか」

「まあな。いろいろあってピカリンの体は本当の自分じゃない」

ニノの話を聞いて、さらに疑問が湧いた。

「中身と体が違うってことは……ピカリンは『山城光』じゃないってことですか」

「逆だ。ピカリンは『山城光』本人だが、体が違う」

「その体っていうのは……」

「ピカリンの体は『ほまれ』ってやつの体だ。業を浴びてない期間がつづくと最終的にピカリンの魂が剝《は》がれ、ほまれに体が戻っちまう」

そっかぁ……、と返事をしつつその話に矛盾を感じた。

「あの、ピカリンが体から剝がれると困るっていうのはわかったんですけど、ほまれさん……でしたっけ、その人に体を返さなくてもいいんですか。それにピカリンの体は」

「ピカリンの体はない。ピカリンの魂が剝がれればピカリンは死ぬ」

喉《のど》まであがってきた言葉が引っ込んだ。

死、という概念が慶太とニノの間に沈黙をもたらせる。

まがりなりにも物語を作るのを趣味としている慶太にも、それを解決できる手段は浮かばなかった。

ただ思案に耽《ふけ》る時間だけが虚《むな》しく漂った。

「いいよ、無理になにか言おうとしなくて。いいか悪いかの問題じゃない」

ピカリンの魂が剝がれれば、彼女の身に完全なる死が訪れる。そして、ほまれはほまれ自身を取り戻すということだ。ピカリンの死と引き換えにほまれに体を返すべきか、ほまれに体を借りつつピカリンが生きるべきなのか、どうするのが正解なのか。

　ただニノは、こうも言った。

「まー信じなくていいけど、もともとはほまれの方からピカリンに体を渡したんだ。実はそれ自体がピカリンの意思じゃない。むしろ無理矢理押し付けられたようもんだ」

　他人の魂をそう簡単に自分の体に取り込むことなどできるのだろうか、という疑問はここであげるべきではないと思った。いま自分が置かれている状況のことを考えれば、問うだけ野暮だ。

「そのほまれさんはどうしてピカリンに」

「贖罪《しょくざい》だよ。昔、いろいろあってピカリンを巻き込んじまった。そのせいでピカリンは体を失うことになったんだ。そもそもほまれは病院で何年も寝たきりだった。本人が人生に絶望していたから、ちょうどよかったらしい」

「人生に絶望……それに巻き込まれた事件って」

　ふぅ、と溜め息を吐きニノは「おしゃべりはここまでだ」と締めた。

　確かにこんなところで長々と喋《しゃべ》っている時間はない。だが疑問がすべて解消されたわけでもない。ニノのことだってそうだ。この包帯の下はどうなっているのか。なぜそうなったのか。

　これまでの話を聞いて、それも『ほまれの事件』と無関係とは思えなかった。

「ん、あれ？　そういえばそれっていつの話ですか。最近の話じゃないですよね、だったらピカリンが高校生なのおかしくないですか」

「あー……まあ、そうだな」

痛いところを突かれたというようにニノは苦々しい反応を示した。

「ピカリンは聞いての通り特殊な状態でな、体が歳をとっていない。だからほまれが眠っていた十七歳の時で肉体の年齢が止まっているんだ。実際は……」

「めっちゃ年上じゃないっすか！」

普通に考えてニノの先輩だというのだから、慶太より年が離れていてもおかしくない。だがそれを感じさせない外見はそういう理由があったからなのか。

「事実は小説より奇なり……。こんなの僕じゃ思いつかない、というかこっちがむしろ小説の話ですよ！」

「それよりここからが大変だぞ。やることが多い」

「が、がんばります」

4

どっちみちここへはくるつもりだった。

ただ、自分やハンドがここにやってくることは想定外だったし、ピカリンが手順を踏まず呼びこまれたのも誤算だった。

だからこそ『やることが多い』。

七不思議の八つめ、七式開門の七つめとは、『誰も知らない学校が現れる』というものだった。

「なんでそんなこと知ってるんですか」

「これだけはどこの学校も同じだからな。六つめで業の異界へやってきて、七つめで学校に戻す。そうすることで今ある業をいったんリセットする」

七式界門の六つめ……業の異界。慶太の学校の場合は古い病院だった。

「業をリセット？　さっきは全部こなした人が業を背負うって」

「そうだ。業を背負うことでリセットするんだよ」

つまりこういうことらしい。

七式開門はすべての手順をこなすと学校に渦巻く業を引き受けてしまう。さまざまなパターンがあるが、そのどれもが死につながる。だがその者が業を引き受けたことで、『現在まで溜まっている業のぶんを清算する』というのだ。

ここでいう業とは、学校に渦巻く負の思念によって生まれた様々な怪異のことを指す。要は七式開門を成就することで、しばらく怪異は起こらなくなる。それに事故なども減り、退学者や停学者、トラブルも激減するという。

「なんですかそれ最高じゃないですか」

「だが長続きしないんだよ」

いったん業がなくなりクリーンになるが、集団生活の場であり、思春期の未成熟な人間が集まる場だ。次第に新しい業が生まれ、新たにまた蓄積していく。

「そうやって学校という場は、本当の意味で業がなくなることはない。溜まったらまた怪異もトラブルも復活するし、ハンドやピカリンのようにあっちから呼ばれて失踪《しっそう》するなんてことも起こる」

　ニノの詳しさは、いくつもそういった業の異界を見つめてきたから言えることだった。どれだけの修羅場をこれまでくぐってきたのだろう。

「ここを抜ければ、僕たちも業を引き受けることになるんですか」

「いや、全部ピカリンが引き受けてくれるよ。ピカリンにとって業はガソリンみたいなもんだ。いまごろすげえ元気で……あっ」

「どうしたんですか」

　しまった……とニノは頭を搔《か》いた。

「そうだった、忘れてたよ。ここは業の異界だ……、ピカリンが元気になりすぎる」

「え、それっていいことじゃないんですか」

「よくねえよ、ほまれと同化しちまう！」

「え、ほまれと同化って、あの！」

　訊《き》き返す余裕も与えず、ニノは「いそぐぞ」と言って歩みを速めた。

「この異界は表の世界とは違う。決められたことをやらないと次へは進めない」

「決められたことをしなければ進めないって、クエストみたいなもんですか」

ニノは感心したように「そうだそうだ」と同調した。

「お前、いい喩《たと》えするな。そうだよ、クエストだ。小さなクエストが七つあると思えばいい。学校でやったような、『怪異を起こせばクリア』ってわけじゃないから、聞こえほど難しい行程じゃない」

なるほど、と相槌《あいづち》を打ちつつ怪物にでくわさないように、それでいてできるかぎりの最速で病院内を探索してゆく。

薬品と木材の匂いと血生臭さが立ち込める院内は嫌悪感の塊のような場所だった。ただの廊下を歩くだけでなにかが起こりそうな、そう……まさしくホラーゲームのそれだ。違うのはこれがゲームではなく、自分の命がかかっているということ。

それだけで段違いの緊迫感があった。

「最初はなにをすれば」

「こっちでやる七つのクエストは七式開門の六つめまでとリンクしてるんだ。だから最初は」

「姿見……ですね」

ニノはうなずき、ふたりともそれ以上は話さずに階段へ向かった。

そういえばピカリンが姿見の中へ引きこまれた時に見た女生徒と、慶太が遭遇した女生徒は違う人物だったことを思いだした。

あれにはどういう意味があったのだろうか、とふと考える。

「あそこだな」

気づけば階段の前までやってきていた。

木の階段はよくいえば赴きがあるが、今はただ不気味としか言いようがなかった。角が欠け、破片が飛びだしている部分もあり注意しないと危ない。足を載せるたび、ぎしりと軋《きし》むのも心臓に悪い。

階段を上がりきると学校の時と同じく、踊り場があった。そして、倒れた姿見。

「これを起こせってことだな、きっと」

ニノは姿見を立て、そこにハマっていたであろう長方形の跡にぴったりと合わせた。

「これでよし、と」

「なにも起こらないんですね」

「こっちの業が表に怪異をもたらしてるからな。拍子抜けだがそういうもんだ」

ゲームならば達成アナウンスがあるような場面なのにな、と思った。

「次は音楽室だ。ピアノになにかがあるはず」

「音楽室ですか……でもここ病院ですよ」

「今はな。だがもともとは学校だった。音楽室として使っていた場所があるはずだ」

「げぇ、それって特定するの難しくないですか」

返事の代わりにニノは目を細めた。

「とにかく、注意深く探せば音楽室の名残はあるはずだ。いくぞ」

ニノが階段を上っていく。それにつづき、階段を上ろうとした時だった。

『ねえ』

「えっ……」

声がして振り返ると姿見があった。厭《いや》な予感がして急ごうとしたが遅かった。

『ひさしぶり』

姿見の中ではなく、慶太のすぐ背後に女生徒が立っていた。

ピカリンを攫《さら》った顔が潰《つぶ》れた女生徒ではなく、慶太があの時遭遇した女生徒——。

『そっちからきてくれてありがとう』

「ニノさ……！」

瞬間、暗転する。

慶太の視界は闇に包まれ、意識は途切れた。

脱出へのクエスト

1

「うそだろ……」

目が覚めた第一声は無意識に出たものだった。

薄暗さはそのままだが視界に映る景色が違う。だだっ広い、大部屋だった。飾り気はなく物もない。ただ、あちこちに制服を着た生徒たちが膝《ひざ》を抱えてうずくまっている。

「な、なんなんだよここ……」

周りを見回すが、まるで心当たりがない。ただ、異界の病院の中であることだけはわかった。血生臭さと薬品のにおいのおかげだ。

「そうだ、ニノさん！　ニノさんは……」

いない。だだっ広いといっても教室ふたつぶんくらいだ。それに物もないから大柄なニノがいないことだけはひとめでわかった。

つまり……慶太はいま、ひとりになってしまった。

「そんな……」

最悪だ。もっとも起こって欲しくないことが起きてしまった。

この状況下で考えうる最悪のケース、それがこれだ。この異界でひとりっきりになってしまうこと。

頭を抱えてどうしてこうなったのかを思い返す。

そうだ、あの時階段の踊り場に……。

「君、生きている人？」

耳のすぐそばで聞こえた女の声に思わず飛び退《の》く。

「だ、だれ！」

座ったままあとずさり、突然の呼びかけに構えた。

「ごめんなさい、新しい人だと思ってつい……」

暗くてよく見えないが制服を着た女生徒のようだった。声が若いうえ、声音に生気がある。

「あ、あの……そっちは」

怪物か、それとも人間か。そう訊きたかったが咄嗟《とっさ》にそうは訊けなかった。人間でなかった場合、なにが刺激になって襲い掛かってくるとも限らない。

「私は尾崎広美《おざきひろみ》。ここの学校の生徒……ここのって言うのもおかしいけど」

照れ臭そうに広美は笑った。

ごく普通の女子高生、といったその様子にすこし心を許しそうになった。

「どうしてこんなところに……」

だが当然、疑念が沸き起こる。ここは業の異界。こんなところにいること自体が不自然だし、疑わしいのだ。

ニノとはぐれてしまったいま、この状況下では自分以外は信じてはいけない。

「そんなに怖がらないで、ちょっと悲しいな」

「答えてよ！」

「わからない……。どうしてこんなところに来たのか。どれくらい経ったのかも。私は部活をしていただけなのに」

「部活だって」

「うん。私は文芸部で文化祭にだす予定の合同誌を作ってたんだ。それで放課後残ってて」

広美は合同誌の編集作業で遅くまで残っていた。そして、友人が姿見の怪談を話しだし、気分転換に肝試しもどきをしに行ったのだという。

「姿見……」

つぶやいた慶太の言葉に広美はうなずいた。

「うん。あそこに幽霊がでるっていう噂は知ってたけど、暗いといってもまだ早い時間だったし……それにいつも通っているから怖いとかもなくて」

あとは慶太の想像通りだった。

姿見に顔が潰れた女生徒が映り、鏡の中に攫われた。そして今に至るという。

「三年最後の文化祭で、〆切《しめきり》も押してたから毎日残っちゃってて……それで」

三年生か。どうりで見たことがない顔だと思った。

広美の話は説得力があった。これまで遭遇したどの怪異と比べても実在感があったし、会話が成立していることも大きい。なによりピカリンやハンドと同じく、一方的に攫われたという話も親近感を覚えた。

「うちの学校、文芸部なんてあったんだ」

「ええ、知らないの？　傷つくなぁ」

ごめん、と謝ると広美は力なく笑った。慶太を落ち着かせるために無理をして笑っているのは明白だった。胸の奥がチクリと痛む。

「それより……君、ここからでる方法知ってる？」

広美はすがるようなまなざしを向けた。

ずいっ、と詰められ顔が近づく。そんな状況ではないとわかっているのに心臓が高鳴った。

「わ、わかる」

「ほんとに！」

「いや、わかるというか……プロセス的に……」

「なんでもいいよ、ここからでられるなら！」

広美は目を輝かせ、さらに近づいた。危うく唇がつきそうになって離れる。離れた直後に後悔が襲った。

「そ、その前に……ここは？」

「病院の一室みたい。なんの部屋までかはちょっとわからない。でも外にはでられるよ」

「外には怖い怪物がいるよね」

広美はうなずいた。

「そう。だから私たちはでたくてもでられないの。ここにいる人たちも君みたいに急にこの部屋に出現して、そして外にでて……」

「どうなったの」

「それは……」

申し訳なさそうに眉間《みけん》にしわをよせ、広美は言いにくそうに口籠《くちごも》った。

「大丈夫、なにを聞いても驚かないから」

ごくり、と固唾《かたず》を呑《の》む。

「あの看護服の怪物に捕まったの」

「ナース……」

慄然《りつぜん》し固まった。

「つ、捕まるとどうなるの」

「わからない。でも、血を抜かれたり、変な注射をされたり……ひどいことをされるみたい」

なにを聞いても驚かないとは言ったが、ナースに捕まったあとのことは考えていなかった。無駄に広がる想像力がこの時ばかりは恨めしい。

「これまでも何人かここからでようと試みたけど、帰ってきた人は誰もいなくて」

恐ろしすぎる。あのナースに捕まるくらいなら死んだほうがマシだ。

「それでね、ここからみんなでられなくて……」

眉間にしわをよせたまま、遠慮がちに広美は室内を見回した。

生きる気力を失ったかのようにじっとしている生徒たちに同情を抱く。だが自分もそうなってしまうかもしれない。決して他人事《ひとごと》ではなかった。

「だから、ここからでる方法を知っている人がこないかってずっと待ってたんだ」

「そっか……」

絶望的な状況だが、幸いでる方法は知っている。それにもうひとつ、救いなのはここがまだあの病院だということだ。まったく違う場所だとすれば、ニノに聞いた方法すら効果がない。

七式開門の手順を追うように、七つの行動をすればいい。いや、姿見はニノが直したのだから実質あと六つだ。

「みんな、あの姿見で攫《さら》われたの？」

広美はうなずく。

なるほど、あそこで姿見を立てかけると発生するのか。ますますホラーゲームのイベントのようだと思った。

「ここが病院のどの辺とかってわかる？」

「三階ってことはわかるけど……」

なるほど、と思いながら窓の外を見下ろした。なにも見えないがすくなくとも一階ではないし、なんとなくニノといた二階でもない気がしていた。

さっきからずっと背筋が冷えっぱなしだった。ここから一歩たりともでられない生徒たちの気持ちがわかる。

不安げな表情のまま見つめている広美の視線に気づき、慶太はここからでる方法を教えた。

「本当にここからでられるの！」

そこは自信をもってうなずく。百戦錬磨のニノが言っているのだ、間違いない。

「でもみんなが僕を待っているとは限らない。だから急がないと」

どれだけ意識を失っていたのかはわからないが、それほど時間は経っていないはずだ。もともとピカリンとハンドの捜索と並行して手順を消化していくはずなのだから、相応の時間はかかっているはず。

もっとも、彼らが無事ならば……の話だが。

「私も連れて行ってくれる？」

「でも……」

危ないから、とは言えなかった。ここでずっと閉じ込められてきた広美にはすでに覚悟ができているはずだ。だけど、いざとなった時に自分は広美を守れるだろうか。

「危なくなったら、私が守ってあげるから！」

「い、いや逆だろ！」

思っていたことを見透かされたようで思わず慌てる。

「だって君に頼らないと、私はでられないし……」

「僕だって男だから！……大丈夫、弱くないし」

腕力も体力もないが、小説を書いて鍛えた推察力があるはずだ。骨格標本の時だってうまくいったじゃないか。

極限まで集中力を高めれば、きっとうまくいく。それにアレが近づいた時の音だって覚えているんだ。

自分を鼓舞するたび、自信がみなぎってくるのがわかった。その源泉は、広美の存在だ。

「そうだ、ほかの人たちは……」

「大勢ででるのは無理だよ。それにここのみんなは――」

でることを諦《あきら》め、思考を止めているから。

広美は小声でそう言った。自分だけが諦めていなかった、とも。

「そうか……。わかった」

行こう、と確かめるように強く言う。

「ちょっとまって」

「ど、どうしたの」

自分では力強いと思っていたひとことだったが、おかしかったかと思い狼狽《うろた》えた。

「名前、聞いてないから……。ずっと君って呼ぶのも」

「ああ、そうだね。僕は小杉山慶太」

「小杉山……うん、じゃあ慶太くん。よろしくね」

初対面の女子に下の名前で呼ばれるのは照れ臭かったが、勇気をもらった気がした。

2

音を立てないよう扉を開き、身をかがめて廊下の様子を窺《うかが》う。

人影はないが音はどうだ。目を閉じ、耳に集中する。足音や物音はいまのところ大丈夫のようだった。

無言で広美に合図を送るとこっそり外にでた。広美がついてきているのを認め、ひとまず次の部屋まで足音を殺して進む。

「こっちで合ってるよね」

となりの部屋に身を隠し、広美に改めて確認する。

「うん。音楽室があったところだよね、こっちで合ってる」

姿見のクエストはクリア済み、七式開門の手順とリンクしているのなら次は音楽室。すでにニノが行ったあとかもしれないが、確実に同じルートは辿《たど》るはず。ならばどこかで追いつけるはずだと思った。

仮にニノがハンドやピカリンと合流して、それでいて慶太よりも素早くクエストをこなしていたとしても、やっていることは同じだ。七つ攻略してしまえばニノたちの手を借りずともここからでられる。

――よな、きっと
不安になる気持ちを無理矢理押し戻した。大丈夫だ、きっと間違っていない。

「進もう」

すこしずつ進むのはじれったいが、焦って怪物に見つかるほうが最悪だ。じれったくても確実にすこしずつ行くしかない。

「音楽室はこの先だよ。あのずっと奥なんだけど、見える？」

広美が指差した奥は行き止まりになっている。だがその脇に部屋があるのが見えた。

「あの突き当りの教室が音楽室？」

「うん、音楽室らしさが残っているかはわからないけど」

「わかった」

身をかがめたまま、細心の注意をはらいつつすすむ。階段が現れ、気を付けながらそれを横切った。

「ふぅ……」

階段は廊下と違い、隠れるところがない。横切っている最中に上か下から誰かが現れれば、なにをどうやっても捕捉《ほそく》されてしまうだろう。

無事に渡れたことに安堵《あんど》の気を吐いた。

緊張感が途切れないようすぐに気を取り直し、顔を上げる。距離にすれば五十メートルあるかないかくらいだろう。なんでもない距離がとてつもなく遠く感じる。

「急ごう」

広美も緊張の面持ちでうなずいた。

走りたい衝動を抑え、踏みしめるようにしてゆっくりと進む。鼓動で胸が痛い。口の中もカラカラだった。

仮になにごともなく音楽室に辿り着いたとしても、そこは決して安全ではない。だが七式開門の手順と同じなら音楽室にはクエストが二つかぶっている。はやく済ませて次へ行かなければ。

徐々に近づいてくる。呼吸の音すら怖くて手で鼻を覆いながら進んだ。

『殺して……殺して……』

通り過ぎた病室からうめき声が聞こえる。その声で自分が改造された姿が浮かんだ。

だめだ、余計なことを考えるな！

すぐに邪念を打ち消し、音楽室へと迫る。

ようやく音楽室に着いた時には汗でぐっしょり濡《ぬ》れていた。

「つ、着いた……」

音楽室の中に入り、ひとまずは安堵を声にする。広美も胸に手を当て、壁にもたれかかっている。

「私、ここまでくるのはじめて」

そう言って顔を上げると、ドキドキが止まらないのだと薄く笑った。

「休んでて、クエストは僕が消化する」

見るとピアノはない。代わりに細長く薄い板のようなものが散らばっている。近づいてよく見てみると、すぐにその意味がわかった。

落ちているそばに吊《つ》り橋の板のように行儀よく板が並んだ台のようなものがある。並んでいる板は歯抜けのようにいくつか欠けており、それが本来の姿でないことを訴えていた。

慶太は散らばった板を拾い上げ、台の前に座った。

不揃いに並んだ板はそれぞれ大きさが違う。だが右から左にかけて大きい板が並んでいるのがわかった。

「これは、木琴だ」

つぶやきながら大きさ順に倣って拾った板を並べる。すべてが抜けなく揃ったところで立ち上がり、今度は音楽家にあたるなにかがないかを探した。

壁にはなにも貼っていない。目が動きそうなものは見当たらないが——

教室内を歩き回り、黒板横の小さな棚に本が並んでいるのを見つけた。どれも手製の冊子のようだったが、ひとつだけ判型が大きく、薄い本がある。

それを見てピンときた。卒業アルバムだ。

中を開けるとバラバラと数枚の紙が足元に落ちた。白黒の集合写真が載ったページのようだった。

他にもクラスごとのページがある。

壁にこれを貼るというのもおかしいし、ここは単純に考えて正しいページに直してやるのが正解ではなかろうか。

そういえば、姿見にせよ、木琴にせよ、『状態を戻す』という点で共通している。もっとも、木琴についてはそれが正しければ……だが。

「ええっと、このページはここかな。これはこっちか」

数枚の抜けた箇所にそれぞれ合うページを差し込んだ。そうして、元あった本棚に直す。

「……これでいいのかな」

おそらく、合っていると思う。二つのクエストがあるはずの音楽室で、二つ修復するものがあった。自分の行為を信じるしかない。

「尾崎さん、終わったよ。次に行こう」

「ほんとに？　すごいね」

終始慶太の行動を見守っていた広美は素直に感心を言葉にした。

次はどこだっけ。

すこし考え、理科室だと思いだした。襲い掛かる骨格標本を思いだして身震いをする。

「は、はやく済ませてしまおう」

広美を促し、ふたたび廊下に戻る。理科室は一階にあるらしい。

「でも一階には行けないんじゃ……」

「クエストをクリアすると行けなかったところに行けるようになるんだよ。そうやって出口へのルートが徐々に開放されていく」

感心したような相槌《あいづち》をうちながら広美は後ろについてきている。音楽室のクエストをクリアして安心したいところだが、もしも今怪物が来たらひとたまりもない。なぜなら後ろは行き止まりだし、音楽室は安全地帯でもない。完全に逃げ場を失い、四面楚歌《しめんそか》だ。

緊張しっぱなしは精神的にかなり消耗する。それでもニノたちと会えることを信じながら慶太は進んだ。

「ねえ、慶太くん」

「ん、どうしたの尾崎さん」

緊迫した状況の中、うしろから広美が声をかけてきた。

「慶太くんさ、姿見のところで女子生徒におそわれたって言ってたよね」

広美に訊《き》かれ、「うん」と答えながらもこの話をしたかな、と疑問に思った。

「その女子生徒ってどんな感じだった？」

「え、どんな感じって……。」

姿見を思い浮かべると、あの時の女生徒が脳裏によみがえる。二度目の時、近くで見たはずだった。

「そうだなぁ、青白い顔で髪が長くて、そうだ、制服がうちの——」

ガララ

突然の音に会話が止まった。

どこから聞こえたかは考えなくともわかる。階段を挟んで正面の……さっきまでふたりがいた広間のような教室だ。

そこからぞろぞろと生徒たちがでてきた。ぴくりとも動かず、膝《ひざ》を抱えていた生徒たちだ。

「どうしたんだろ？　しかもあんな無遠慮にドアを開けたりしたら怪物に見つかる」

他人事《ひとごと》ではない。無神経に廊下にでてきた生徒たちのせいで自分たちまで気づかれてはたまったものではなかった。

生徒たちと目が合った。慶太は手を振るジェスチャーで『教室に戻れ』と伝える。

だが慶太のジェスチャーが目に入っているはずの生徒たちは気に留めることもなく、廊下に集結した。

「な、なんだ……？」

バキッ、と乾いた枝を踏んだような音がした。

かと思えば直後、バキバキバキバキ、と音が連続する。

生徒たちの肩が不自然に盛り上がり、手足の関節がデタラメな曲がり方をしている。

そうしてのけ反ったままうしろに倒れ込んだかと思うと、ブリッジの体勢になった。

めぎょっ。

聞いたことのない種類の鈍い音。なんの音か考える前に、それは起こった。

ブリッジの体勢をとった生徒の腹をやぶり、人の顔が現れた。坊主頭で真っ赤な血に塗《まみ》れた男のものだ。

めぎょっ、めぎょめぎょめぎょ。

「ひぃやあああ！」

絶叫が木霊《こだま》する。広美の前で強がろうとしていた気概は瞬時にして吹き飛んだ。

変形した生徒のうしろで次々と他の生徒も変形してゆく。そして、変形が終わると全員で一斉にこちらを注視した。

「に、逃げよう尾崎さん！」

正面を塞《ふさ》がれているため、後ろに戻るしかない。行き止まりなので音楽室に立て籠《こ》もるほか手段はない。

後ろを振り返った慶太の目の前に、ブリッジをした体勢で坊主頭が腹を突き破った広美がいた。

「私のことちゃんと見たあ？」

「ぎゃあああ！」

広美だけは人間であると信じ込んでいた自分を心の底から呪った。

血まみれの坊主頭が、にたりと満面の笑みを浮かべる。慶太は正気を保てなかった。

「助けて！　死にたくないよ、お母さあああん！」

手足をじたばたと動かすが、どれもまとまりがなく立ち上がることすらままならない。

鼻水で鼻は塞がり、止まらない悲鳴で息ができない。というより、もはや恐怖で呼吸の仕方すら忘れてしまっていた。

逃げたい、助かりたい、という本能でしか存在を保てない。

「はあああああ！」

悲鳴と咳《せき》を繰り返し、殺虫剤を浴びせかけられたゴキブリのごとく、みっともなく床を這《は》い、暴れた。

その姿を嘲笑《あざわら》うかのように、いや実際に笑いながら不恰好《ぶかっこう》な蜘蛛《くも》の恰好の改造人間たちが慶太を取り囲む。

「あひゃあああ」

死ぬ。自分はいま、ここで死ぬんだ。

烈《はげ》しく、揺るぎのない諦観《ていかん》が慶太を包んでいった。せめて痛くないように殺してほしい。痛くないように――。

「慶太ァ！」

観念して目を閉じた時、まぶたをこじ開けた慣れ親しんだ声。

慶太を見下ろす蜘蛛たちの姿がたちまち消えた。

「ああっ！　面倒なことになってんな！」

心から不機嫌なその声と、

「生きてたか慶太！」

ニノの声。

抱き起こされ、目に映ったのはハンドの姿だった。

「ハンドォ！」

「バカ、この俺が心配してんだよ今は！　大丈夫か！」

大丈夫、と言おうとしたが自信がなかったのであちこち体を手で確かめる。

「大丈夫っぽい！」

ふぅ、とハンドは胸を撫《な》でおろす。そして、泣きそうな顔をした。

「ごめんな。こんな怖い思いしてまでこの俺を助けにきてくれたんだな」

「当たり前だよハンドぉ……、死んじゃったかと思った……」

「ありがとな、ケイタロン」

ん？

なぜ今ケイタロンと呼ぶ。厭《いや》な予感がして、ハンドの顔を注視すると時折チラチラとなにかを見ていた。

その視線の先に――スマホのカメラ。

「こんな時まで撮るなよ！　どういう状況かわかってんの」

「うっわー怒った！　恐怖のあまりケイタロンの怒りが爆発したようです！」

さっきまでの感動を振り払い、ハンドを押しのけて立ち上がる。

そこにはニノとピカリンが蜘蛛たちと対峙《たいじ》している光景があった。

「あ～～～、イライラするぅ」

「ピカリン、ヤバそうっすか」

「うん、ほまれの感情がうちにも伝染《うつ》ってきまくってる。誰でもいいから呪いまくりたい気分だ」

ふたりの会話が聞こえてきた。

そういえばニノは、業が濃すぎてピカリンとほまれが同化してしまうと危惧《きぐ》していた。

おそらくそのことだろう。

「たのんますよ、ピカリン頼りなんすから！」

「うっせーディダラボッチ、人間の言葉喋《しゃべ》ってないでとっととやることやれ」

「うっわー……舌好調」

蜘蛛たちは突然現れ、蹴散《けち》らされたからかピカリンのことを警戒している。だが痺《しび》れを切らしたのか、一匹が飛びかかる。

「近寄んな雑魚《ざこ》！」

ピカリンは素手で襲い掛かる蜘蛛を振り払った。直後、蜘蛛は黒い霧になって消える。

「ええっ！」

衝撃的な光景に大声で叫んでしまい、不機嫌な顔で睨《にら》まれた。

「す、すみません……」

他の蜘蛛たちは一瞬怯《ひる》んだものの、数的に有利と感じたのか次々とピカリンたちに襲い掛かる。

「殺虫剤ないのかよ！」

ピカリンは蜘蛛を一匹一匹相手にし、次々撃破していく。だが狭い廊下の中で続々と襲い掛かってくる蜘蛛に、次第に圧《お》されてきた。

「ピカリン！」

「呼ぶなゲロ豚！　反応してる暇ない！」

怒鳴り飛ばされ慌てて口を押さえる。ピカリンが突破されれば終わりだ。わずかな邪魔もしてはいけない。

蜘蛛と戦っているのはピカリンばかりで、一方のニノは一歩後ろで身構えているだけだった。

傍《はた》から見ても役に立っていない。むしろいないほうがいいのでは――。

「ニノ！」

「いつでも来いっす！」

ニノの存在意義を疑いはじめたその時、突然ピカリンがニノに向かって跳んだ。ニノは跳び上がったピカリンの足を組んだ手で支え、思いきり振り上げる。

軽業師のようにピカリンは宙を舞い、高く飛ぶと空中で翻って天井を蹴《け》った。

「死ねクソザコ！」

ピカリンの両手からどろりとした紫色の泥のようなものが溢《あふ》れだす。それを真横に突きだしたかと思うと、ぎゅるりと回転した。

そして回転したままの体勢で頭から蜘蛛たちの群れに突っ込んだ！

群れの中に埋もれたかと思った次の瞬間、一斉に蜘蛛たちが霧散する。叫び声をあげる間もなく、瞬時にして消え去った。

「す、すげぇ……」

ぽかんと口をあけたままの慶太の横でハンドがつぶやいた。しっかりとスマホのカメラはその光景を映している。

「一丁あがりっすね」

「なにが一丁あがりだマントヒヒ。最悪だよ、ほんと」

　まあまあ、と背中をさすってニノは労《いたわ》った。ピカリンの不機嫌さは一向に収まる気配がない。

「な、なんでそんなに怒ってるんですか」

「うっせえな、喋りかけんじゃねえよ。お前ら置き去りにしてもいいんだぞ、うちらは」

　お口がミッフィーちゃんになる。そこまで険悪にものを言われると返す言葉もない。

「ピカリンに余裕がない証拠だ。でもこの状態が強いからな、お前ら安心していいぞ」

『うう……うう～……』

　すべての蜘蛛を撃破したはずだったが、うめき声が聞こえた。それはあちこちで聞こえてきた怪我人のものではなく、女の声だ。

　ハッとして振り返ると制服姿の女生徒が腹を押さえてこちらを睨みつけている。青白い顔、吊《つ》り上がった目、そして制服――。

　こうやってしっかり見るまで、広美だと気づかなかった。

「尾崎さん……」

裏切られた、という気持ちよりも悲しみの感情が勝った。

ほんのすこし前に厭というほど見せつけられた。彼女は業の異界の住人だ。それも異形の姿をした――。

目の前で睨みつけている広美は、もう慶太が思う広美ではなく、姿見で自分を攫《さら》った女生徒そのものだ。

「尾崎さんはもともとここにいる人なの。それとも――」

元は生きた人間で、業の異界に攫われたのちに改造されてしまったのか。

喉《のど》まででかけた問いを、慶太はついに口にできなかった。

『お前も仲間にしてやるつもりだったのに……！』

仲間――

それはどういう意味で言っているの。お前も同じ目に遭わせてやるとか、そういう意味なの。それとも……寂しかったの……。

人の形をしていても人外だとわかる今の広美を前にしても、慶太は割り切れないでいた。あの時、垣間《かいま》見た『尾崎広美』の姿が……彼女の本当の、本来の姿なのだとしたら、なんて哀しい。

こんなところに攫われさえしなければきっと今も――。

「はい次ー」

目の前で広美が霧散した。ピカリンが軽く一振りして広美を消し去ってしまったのだ。

「なにすんですか！」

「なにセンチになってんだゲロ豚。あんたわかってんの、そいつに取り込まれそうになったんだよ」

「でも、彼女だって好きでこんなところに……」

「現世に帰ったってもう居場所はないよ。ここが居場所になっているのなら、そういう扱いをすべきだ」

「そんなのエゴでしょ！」

「帰っても必要とされないんだったら、ここにいるほうがまだマシなんだよ。わからねーのかこのカスは」

「なんだと！」

「落ち着けって慶太！　そんなこと言ってる場合じゃないだろ！」

ハンドが止めに入った。ニノは身構えてはいないがピカリンのそばにすっと立った。

「慶太、お前の気持ちはわかるよ。さっきの連中も元々は普通の人間で、あの学校の生徒だったたって言いたいんだろ。だがもう手遅れだ。なにをどうやってもあいつらが人に戻れることはない。業の一部となってしまった」

「でも、だからって殺さなくても」

「死なねえよ。ピカリンは追っ払っただけだ」

「…………え？」

「だから、死なねえよ。そういう意味じゃ、別にピカリンはなんもしてねえ」

「そうなんですか？」

ピカリンは不機嫌そうにそっぽを向くと、音楽室に向かって歩きはじめた。

「業の住民は退治してもしばらくしたらまた戻る。表にでてきてやられたなら別だけど、あくまでここはやつらのホームだからな」

ぽかん、と口が開いた。そうだったのか。

思わず振り返り、ピカリンの後ろ姿に声をかける。

「あっ、あの音楽室のクエストはクリアしました！」

ピカリンは立ち止まる。

そして黙って振り返ると伏し目がちに慶太を見た。

「ふん」

そういって向きを変え、階段の方へ行く。

「理科室と階段系がふたつ、そんで最後な。とっとと終わらすから。でないといつほまれがでてくるかわかんないからな」

「うっす」

ニノはピカリンに並ぶと前を守るように歩いた。

ハンドと顔を見合わせ、互いに気を引き締めるようにうなずき合った。

3

全員が合流したことで俄然《がぜん》安心感が増した。

だが相変わらず、どこまで行っても薬品と木の匂いと血の臭いは消えない。

ハンドの腕にできた人面瘤《じんめんりゅう》に言葉を失う。これを放置すればいずれハンドの腹を血まみれの頭が突き破るだろう。

そう考えるとこの時点で会うことができて本当によかったと思った。

続く理科室では今のものよりずっとお粗末な作りの人体標本があり、手が破損し床に落ちていた。それを室内の抽斗《ひきだし》から拝借した紐《ひも》で固定してやる。

そして、階段までやってくるとニノが口を開いた。

「ここへ来るのは〝数えながら下りる〟のが条件だった。だが、でる時は〝数えながら上がる〟」

「こっちは上がるんですね」

「誰かが簡単に業の異界へ来れないようにミスリードをしたんだろ」

そんな操作をしていても七不思議そのものが廃れることはなかった。おそらく七式開門につながる七不思議のことはなかったことにしたかったはずだが、そうはいかなかったのだ。

自分がいま、こうして業の異界にいるからこそわかる。ここを隠しきるのは不可能だ。

どれだけ隠そうとしても、きっと誰かが破片を見つけてしまう。そして、異界のものは七式開門が露見するか否かにかかわらず、生きた人間をここへ攫ってくる。

そうして業はさらに大きな渦となり、ここにあり続けるのだ。

「ピカリンはこの異界を消すことができるんですか」

「うっせ」

「ピカリン、ちょっとはちゃんと喋《しゃべ》ったらどうっすか」

「…………宿主を消せば消える」

宿主――それはあのナースだ。あれがこの異界の象徴であり核。

ナースを消せばこの異界は消えてしまう。

「だったら、そのほうが……」

「異界は消すべきじゃない。これがあるから学校って存在はギリギリ均衡を保っている側面もある」

「よくわからないんですけど……」

「良薬にはふたつの面があるってことさ。万病を完治させるが、健康な人間が摂《と》れば死に至る毒になる。万能薬が如何《いか》に絵空事か、それは病があってはじめて必要になるんだから、そうだよな」

　わからなかったが、二度もわからないと言うことはやめた。

「いくよ」

　四人で横並びに階段に足をかけた。

「い〜ち」

　二……三……四……五……六……七……八……九……十……十一……十二……

「じゅうさん」

　一斉に顔を上げた。

「うそ」

　階段を上ったはずが、運動場にいた。背後を振り返ると校舎……いや、いままでいた病棟があった。四人は外にでてきたのだ。

　そこには荷車と大きな穴、山積みになった死体がある。

「し、死体！」

「狼狽《うろた》えんなゲロ豚、本物じゃない」

　本物じゃないと言われて凝視してみると、確かに人の形をしているが粘土でこねたようないい加減な造形だった。

「六つめのクエスト、クリアってとこか」

「な、なんもしてないですけど」

「階段からここに転移したろ、それが六つめだ」

「怪異じゃないですかそれ！」

「誤解すんな、これまでの五つは全部ここへくるための行程だ。いわば裏七式開門、そして――」

「ボヤッとすんな、七つめがくる、」

　プアー！

　軍隊ラッパがどこからともなく鳴り響き、赤黒い空からはゴオオ、と低空で飛ぶ飛行機の轟音《ごうおん》が鳴り響いている。

『逃げろー、空襲だ』

『頭を下げろ、おいそっちには行くな！』

「えっ！」

　かなり近くで怒号が飛び交った。周りを見回しても誰もいない。

　なにもないところであちこちから声が聞こえる。

『先生、困ります……今先生が倒れたら患者さんたち……』

　臓腑《ぞうふ》が凍り付き、胃がキリキリと痛んだ。隣にいるハンドもまったく同じ様子で目を剝《む》いている。

　あの声は――。

「来たぞ、お前ら捕まんなよ」

「そ、そんなこと言われても……！」

ずっ、ずっ……。

運動場にぽっかり空いた穴から、なにかを引きずる足音が聞こえてきた。厭《いや》というほど知っている、あのナースだ。

『私ひとりで……全員を……』

穴から手が飛びだし、地面を摑《つか》むとナース帽をかぶった真っ黒な顔が現れ、口元だけが三日月の形に赤く切り取られている。

「きたぁああ！」

ハンドは叫びながら、両足が目視でわかるほどガクガクと震える。そこまではいかなかった慶太も心臓が口から飛びだしそうなほどの恐怖で動けなかった。

「しっかりしろ！」

「うぶっ！」

ふたりしてニノに頰を打《ぶ》たれ、呪縛《じゅばく》が解かれたかのように体の自由が戻った。

「姿を現しただけで呑《の》まれてんじゃねえよ、こっからは自分の身は自分で守らなきゃならないからな！」

「えっ、ええっ！　そんなぁ、ニノさんとピカリンは……」

「さっきの見てただろ！　ピカリンは戦う、俺はサポートだ！」

「ニノ！」

わかってますって！　とピカリンの呼びかけに答え、ニノはピカリンの元へ走った。

『先生……、血が……全然……足りません……』

穴をよじ登ってきたナースがようやく全身を現した。病棟と違い、ここの空は赤黒いがまだ明るい。

そのためナースの姿をしっかりと確かめることができた。

「ひっ……！」

世にもおぞましい姿だった。

鎌とバケツを両手に持っている。真っ黒な頭はぷすぷすと中からくすぶり、煙があがっていた。不自然なほどはっきりと割れた赤い口が醜く、邪悪な外見をさらに倍加させていた。

だがそれよりも目を奪われるのは下半身だ。左足に大きな肉の塊があり、それがふくらはぎの付け根あたりから垂れ下がっていた。まるで十二単《ひとえ》の裾《すそ》を引きずるようにして、絨毯《じゅうたん》のような肉の塊を引きずっている。

「なんすかあれ」

声もでない慶太たちのかわりにニノが訊《たず》ねた。

「死霊だ。かなりの数がいる」

「学校の生徒……じゃなさそうっすね」

「うん。あれはおそらく――」

ドォオオーン

その時、凄《すさ》まじい轟音が響き渡った。

驚いてピカリンを除いた三人が振り返ると、病棟に大きな穴が空き、炎が上がっていた。

「な、なああ！」

もはや言葉にならない絶叫をあげ、慶太とハンドは口をパクパクとするのみだった。

「空襲。ここは元々学校だったけど戦時中、臨時の病院として使われていた。そして、空爆され全焼……。こいつはそこで治療にあたっていた看護婦《ナース》ってとこか」

「そういうことっすか」

顔の半分ほどに口角を吊《つ》り上げ、血のような液体をどぼどぼと口から垂れ流し、ナースはごぼごぼと笑った。

そして、中で燻《くすぶ》っていた火種が突如としてナースの顔面を覆い、炎上する。

「火が点《つ》いた！」

かくして、顔から火を上げ、鎌とバケツをもつ異形のナースが完成したのだった。

『熱いですか……大丈夫ですよ……みんなもうすぐ楽になりますから……』

ごぼごぼと口から湯気の上がる液体を垂れ流し、ナースがバケツをまさぐるとピカリンに向けてなにかを投げた。

「あぶない！」

明らかに反応が遅れたピカリンの体を引き寄せ、間一髪で避《よ》ける。直後、ピカリンが元いた所にあった粘土のような死体が瞬時にして燃え上がり、あれよと言う間に真っ黒い炭と化す。

　ナースが投げたのは注射器だった。どうやらバケツにはあれが入っているらしい。

「あれを喰《く》らうとヤバいっす」

「ちっ」

　舌打ちをし、体勢を立て直すとピカリンはニノに礼を言うこともなく、身構える。

「あんたらはどっかで身を隠しとけ！　こっからはいちいち構ってられないかんな」

　言われなくてもすでに死体の山の陰に隠れ、ピカリンたちを見守っていた。

「ど、どうすんだあれ」

　スマホを構えながらハンドが心配げに言う。

「こんな時に撮影なんかやめてよ！」

「バカ、こんな時だからだろ！　それにこんな目に遭って、タダで帰れるかっての。炎の中で戦う美少女、ってな！　最高だろ」

　まさに火事場泥棒の胆力だ。ハンドのそういうところは感心するが、最前線で戦っているふたりに申し訳ない気持ちになる。

「ピカリン、七つめってなんすか！」

「わかるかよ、聞けよこいつに！」

「答えるわけないじゃないっすか！」

火に包まれたナースが火の注射でとめどなくふたりを追い詰めている。

一見、ニノがあそこにいる意味があるのかわからないように思えるが、運動能力に難があるピカリンはニノのサポートなしでは俊敏に動くことができなかった。

だがそれは単純に危険度もふたりぶんだ。

ニノは自分とピカリン、ふたりぶんの警戒をせねばならない。

「だから、結構まずいんじゃないかって思うんだ」

「お前、そんなところまで見てたのかよ！　暇なのか才能なのかどっちだ」

アマチュアだが小説家だ。そのくらいは推察が利く。

「それ以前に七つめのクエストがなんなのかわかってないみたいだ」

「なんでだよ、六つめまではわかってたんだろ」

「それは表の七不思議とリンクしてたからだよ。あっちの七つめがわかってないんだから、こっちの七つめのクエストの内容もわからないだろ」

なるほど、と言いながらハンドはスマホの画角にピカリンらが収まるよう微調整をしている。

「なにかできないかな」

「なにをだよ」

「なにか手伝うことが……」

「バカいうなって、ニノさんも隠れてろって言ってたじゃん。俺らが行ったところで足手まといだ。ピカリンのパンチラでも撮れたら儲《もう》けもんってくらいだな」

「バカ！」

「バカ？　お前、この俺にバカって言ったのかよ」

　バカのことは放っておいて、自分になにができるか考えた。だが自分が足手まといにならず役に立てるような名案は浮かばない。

　ただここで指をくわえて見ているだけしかできないのか。

　死体の山に手をかけていた慶太はふと粘土人間の死体を見た。

「人間じゃないなら……」

　ぎゅるぎゅると脳がフル回転する。刺さると火が点《つ》く注射針を警戒して近づけない……もし、これが小説ならどうなる？

　炎上する注射ってなんだよ！　そんなのわかるか！

　匙《さじ》を投げそうになった時、顔を上げた。睨《にら》み合うピカリンたちとナース、この構図はまるでバトル漫画のようだ。

「学園異能バトル……」

　異能バトル、慶太が書いた小説。まるで人気が出ない、悩みの種の作品。だけどこの作品には炎を操るキャラがいた。主人公はこのキャラとどう戦っただろうか。

「そうだ！」

　一体を抱きかかえたかと思うとふたりに向かって走りだした。

「お、おい慶太！　危ないって！」

「ピカリン、これ！」

　そう叫んで粘土人間を投げつける。だが人と同じほどの重さをもったそれはまるで飛ばず、地面に転がってしまった。

「ああっ！」

「バカ、だからやめとけって言ったろ！」

「ニノさん！　それを盾にしてください！　僕のキャラがそうやって炎の能力者に勝ったんです！」

　炎の能力者ぁ～？　と声を上げるハンドに構わず慶太は必死で叫んだ。横たわった粘土人間にニノが覆いかぶさった。

「なるほどな！　さすがだぜ小説家！」

　ニノがそれを抱え、ピカリンに向けて走ってゆく。

「ピカリン、俺がこいつを盾にして突っ込みます！」

「盾ってそんなことできんの」

「大丈夫です！　僕の小説ではそれで勝ちました！」

「小説？」

　ピカリンが一歩横に逸《そ》れ、道を譲ると、そのままニノが粘土人間を盾にして突進していく。

「うおおおお！」

雄《お》叫《たけ》びと共に突っ込んでいく様はまるで闘牛のようだった。

『因幡《いなば》さん……岩坂《いわさか》さん……』

ニノに向かって投げられる注射。それを確認してから、ニノは粘土人間を投げつけた。

人と同じ重さを伴った粘土人間は火だるまになりながらナースに覆いかぶさり、持っていたバケツから無数の注射針が散らばる。たまらずナースはいなそうとするが、粘土人間をどけられない。

その隙を縫ってニノは注射針をひとつ奪った。

「っしゃあ！　ピカリン、獲《と》ったっすよ！」

「よくやったニノ！……って」

『血を……いただきますね……ごめんなさい……』

「いって！」

ナースが握っていた錆《さ》びた鎌がニノの肩を切った。たちまち作業着に血が滲《にじ》む。

「ニノ！」

「大丈夫っす、かすり傷っすよ」

「うわあああ！」

突然の声に驚いてふたりが振り返るとハンドが粘土人間を担いでナースに突進してい

くところだった。

『先せっ……！』

　かなり近くまで行って、確実にぶつけられるところから粘土人間を投げつける。ナースは鎌を振るうが、粘土人間の胸に突き刺さり抜けなくなったまま、また押し倒された。

「でかしたハンド！」

「この俺は、やるときゃやるんすから！」

　言葉とは裏腹に、全速力で死体の山に駆け戻っていく。

　ハンドに労《ねぎら》いの声をかける代わりに手を高くあげた。それの意図を察したハンドが同じく手をあげ、バチン、とハイタッチを交わす。

「よっしゃ、俺あの粘土ごと上から押さえつけますんで！」

「ああ、わかった！」

　ニノが起き上がれないでいるナースの上に粘土人間ごと覆いかぶさる。そして、ピカリンは注射器を手にナースに迫った。

「多分こういうことだと思うんだよね！」

　そう言ってニノと粘土人間の下敷きになったナースの腕に注射器を突きさす。そして、炎の液を注入――。

　次の瞬間、ピカリンとニノは宙を舞っていた。

　慶太とハンドもその光景を目の前にして呆気《あっけ》にとられた。

　ふたりを吹き飛ばしたのは、巨大な手のひらだ。だが手のひらのように見えて、よく見ると違う。その表面には苦悶《くもん》の表情で蠢《うごめ》く人間の顔があった。それもいくつも……夥《おびただ》しい量の顔、顔、顔。

『ひとりで……残さないで……』

　起き上がったナースの背に、まるで孔雀《くじやく》の羽のように巨大な手のひらが指を広げている。熱い、助けて、死にたくない、という怨嗟《えんさ》の声がどんどん大きくなり、さらにこの光景を地獄にした。

　ニノもピカリンも、地面にしこたま全身を打ちつけぴくりとも動かない。唯一の戦力がねじ伏せられてしまった。

「そんな……」

「え、これってゲームオーバー？」

「ピカリン！　ニノさん！」

　ハンドの言葉を無視してふたりの名を呼びかける。だが無反応だった。

「ピカリン！」

「やめろって！　ナースがこっちに勘付く！」

「ニノ！」

「おい慶太！」

　そんな、ふたりが倒れるなんて、うそだ。ここからでられないという絶望もあるが、それよりも今は彼らが自分たちのために傷ついたという事実のほうに心を痛めた。

もしもあのまま死んでいたとしたら……。

考えるだけで吐き気がした。ストレスで胃が悲鳴をあげる。

「け、慶太……」

かすかに声がした。顔をあげるとニノが手を伸ばし、指先をまげて呼んでいる。

声もでないほどダメージを負っているようだ。

『お薬は……ない……ゆるし……』

ナースがこちらに向いた。

「うわあ！」

ニノとピカリンを活動不能にし、やはり次は慶太のもとへとやってこようとしている。

炎に包まれた顔と、背に広がる顔の手のひらがこの世のものと思えないほどおぞましい。ニノとピカリンですらあの調子なのだから、自分たちはおそらく即死だ。

「う……うう……」

ニノに呼ばれているのに、近づけない。ナースがこちらに向かっている限りは気を逸らすことも——。

「うおおい！　こっちだバケモノー！」

ハンドの声だった。思わず振り返るといつのまにか死体の山の頂上に立ち、コミカルなポーズを取ってナースを挑発している。

「お前なんてマジでこわくねーし！　ザコだザコ！　お前なんかより人喰《ひとく》いワニのほうがこえーし！　バーカ！」

『土岐《とき》さんも……酒徳《さかとく》さんも……』

ナースは思惑通りハンドのほうを向いた。強がっているが明らかにその瞬間、ハンドの表情が強張《こわば》った。

「はやくこーいヤブナース！　俺がぶっ倒してやる！　言っとくけどこ、この俺はピカリン様よりつえーかんな！　ピカリン様はこの俺の強さに惚《ほ》れてるくらいだかんな！」

顔が引きつっている。きっと怖いに違いない。慶太にはハンドの考えがわかっていた。きっと、自分をニノのもとに行かせるために気を引いてくれているのだ。

『麻酔……なしで……がまん……』

ずっ、ずっ、
やった！　ナースがハンドに向かいはじめた！

だがのんびりしているとハンドの身が危ない。今、もっとも危険に晒《さら》されているのはハンドなのだ。

ありがとうハンド！

涙目になりながらニノの元へと駆け寄った。

「ニノさん！」

「ピカリンの耳に……ヘッドフォンを……はめろ」

「えっ？　こんな状況でなに言って……」

「はやく……しろ」

　唇を噛《か》み、うなずいた。

　朦朧《もうろう》としていて、もしかするとうわごとを言ってるのかもしれない。だがそれを追及する時間などあるはずもない。

　祈るような気持ちでピカリンに駆け寄り、首にかけたヘッドフォンを頭にかぶせるようにして耳に装着した。

「これでいいんですよね、ニノさん！」

　ニノの腕は力を失い地面にへばりついていて反応がない。

「ニノさん！」

　青ざめる。まさか、ニノが――。

「返事してくださいよニノさん！」

「ひぃー！　みんないままでありがとおおこの俺のことは忘れないでねー！　あとピカリン様大好きー！」

　別の方角から飛んできた悲鳴に振り向くとナースはもうハンドのすぐそばまでやってきていた。

　もう一刻の猶予もない。

だからって僕がハンドを救えるのかよ！

思うより早く、慶太はナースに向かって走りだした。

4

「やめろぉお！」

——と叫んだ瞬間、天地が反転し、目の前に赤黒い空が広がった。

「いってぇ！」

背中に衝撃。頭も打ち、思わず両手でさする。

「ごめん、ちょっと邪魔だったから」

ひらりと目の前にスカートのすそが揺らめくのが見えた。ピカリンが立っていた。

「ピカリン！」

その姿に思わず声が弾む。

ヘッドフォンを装着したピカリンは物静かに佇《たたず》み、ぼんやりとナースを見つめていた。

「めずらしいね。私と替わるなんて」

ふぅ、と小さな溜《た》め息を吐きつぶやく。

頭を押さえたまま慶太は固まった。

声も、姿も、自分がよく知っているピカリンだ。だが違う。喋《しゃべ》り方も、佇まいも、自分が知るピカリンではない。

ふてぶてしく粗暴、常に不機嫌で一人称は『うち』——そんな姿からはかけ離れた、可憐《かれん》な少女がそこにはいた。

「ふぅん、あれに手こずってたんだ。いつもは見栄《みえ》ばっかり張っちゃってるのに、ずいぶんと虫がいいのね」

誰かと喋っているようにつぶやくのを見ていると、ピカリンはふとこちらを見下ろす。

「君もそう思わない。ねえ?」

「は、はい……」

ピカリンは口元をほのかに緩ませ、次の瞬間、消えた。

「えっ」

影だけが急激な速さでナースに向かっていくのをかろうじて視界が捉《とら》えた。

『大蔵《おおくら》さん……』

直後、死体の山にナースが顔ごとめりこみようやく状況が理解できた。ピカリンは消えたのではなく跳んでいた。ナースに飛び蹴《げ》りをお見舞いしたのだ。

「わあっ!」

死体の山が崩れ、頂上でナースを挑発していたハンドが転げ落ちる。痛そうだが死ぬよりはずっとマシなはずだ。

　まるで無重力の影響下にいるように、緩やかな弧を描き爪先《つまさき》で音もなくピカリンは着地する。その佇まいはさながら魔法使いだ。状況もわきまえず、その美しい動きに魅了されてしまった。

「退屈……。ずっとずっと退屈。ここも退屈だわ」

　土埃《つちぼこり》を巻き起こし粘土の死体に埋もれるナースを眺めながら、ピカリンは実に退屈そうにあくびを吐いた。

「だから早く終わらせて眠りたいの。ほまれは不機嫌だから」

　呆気《あっけ》にとられている中、ピカリンの口から発せられた『ほまれ』という名前に慶太は反応する。

「ほ、ほまれ……」

　ということはいま、主導権がほまれに切り替わっている状態。ニノが危惧《きぐ》していた事態だ。

　だがニノはヘッドフォンを耳につけろといった。それに従った直後、ピカリンはほまれに切り替わったのだ。矛盾している。だが――。

「ニノ宮くんはどこ」

　ほまれはキョロキョロとあたりを見回し、倒れているニノを見つけた。

　一時停止ボタンを押された動画のように、ほまれはその体勢のまま固まっている。

『代田《だいた》さん……山高《やまたか》さん……』

孔雀《くじやく》の手で死体の山を吹き飛ばし、ナースが再び姿を現す。顔の炎は火柱をさらに高く上げ、それはさながら怒りのバロメーターのようだった。

手のひらの顔たちの口から一斉にどろりとした液体がほまれに向かって吐きだされる。とても避《よ》けきれる量ではなかった。

「危ない！」

思わず叫んだが、それらはほまれの周りですべて蒸発し、消えた。これにはナースも狼狽《うろた》える素振りを見せる。慶太もナースもなにが起こっているのかわからなかった。

「なんだ……死んでない。よかった、二ノ宮くんがいないと光ちゃん、なんにもできないから」

ゆらりとナースに振り向き、静かに片手を突きだした。

「でもあんまり私がこの体動かすと、光ちゃんがまた定着しづらくなるから」

ボンッ、という破裂音と共にナースの背後にある孔雀の手の半分が吹き飛んだ。

『今宿《いまじゆく》さッ……』

つづけざまにもう一度。完全に手のひらは破壊され姿を消した。

ナースの炎は一層烈《はげ》しく燃え上がり、メスを振りかざしてほまれに向かってくる。

ほまれは棒立ちのまま、ナースが襲い掛かるのを眺めるだけだった。

ぱちん、とほまれが指を鳴らす。

鎌をもっていたほうの肩がはじけ飛んだ。さらに左足を飛ばす。

まるでナースをいたぶって楽しんでいるようにしか思えない。いつしか慶太はナースよりもほまれのほうが怖いと感じはじめていた。

ほまれはゆっくりとナースに近づく。見れば見るほど、ピカリンとは似ても似つかない軽やかで無重力な、月の上を歩くような歩き方だった。

「許してほしい？」

そう言いながらほまれはナースの頭に手をかざした。

『先生がいないならいっそ死んだほうがみなさんお幸せですよね』

ふっ、と短いため息をする。

「赦《ゆる》すわけないじゃない」

「やめてください！」

声の限り叫んだ。ぴくりともせず、ほまれはこちらをゆっくりと振り向いた。

「ピカリンが言っていました、この世界を消しちゃいけないって！　ナースを殺したらここが消えてしまう！」

「それが私になんの関係が？」

「わからないけど、ピカリンがそう言うんだから意味があるんですよ！」

「でもここでこれを消しておかないとでられないし」

「いえ、方法は別にあるんです！　だからあとはピカリンに……」

「そう。じゃあとは君がやって。光ちゃんに替わろうったって彼女、まだ気を失ってて戻ってこないわ」

ほまれはそう言って耳に装着したヘッドフォンに手をつけた。

「えっ！　あのっ」

自らそれを外し、首にかけた直後、ほまれはその場に倒れ込んだ。

「いや、ナースどうすんの！」

とどめを刺すなとは言ったが放置しろと言ったつもりはない。というか、解決するまで留《とど》まっておけよ！　と内心叫んだ。

『先生ぇ……』

ナースが再び気味悪く笑う。そして、ぎちぎち、と軋《きし》ませながら首をこちらに向けた。

「そんな……せっかく、ここまで」

ナースはボロボロだ。奴に物理攻撃が通じるのかどうかはわからないが、それでも慶太をどうにかすることなど容易《たやす》いだろう。

「ピカリン！　ほ、ほまれさん！　ニノさあん！」

片手で這《は》いながらナースはこちらにやってきた。助けを求める存在など、どこにもいない。さっきまでの逆転劇から一転、窮地に陥った。

「そうだ、もう一度ピカリンの耳にヘッドフォンを……」

と思いながら横たわるピカリンを見るが、ナースのすぐそばにいる。とてもあそこまで自力で行くのは無理だと思った。絶体絶命だ。

「ど……どうすれば」

じりじりと滲《にじ》み寄ってくるナースに距離を詰められまいとあとずさりする。事態を好転させる妙案よ降ってこいと願うも、頭の中はパニックになっていくだけだった。

また小説にあてはめて物語を形成しようと試みるが、本当の窮地にそんなものが降ってくるはずもない。

「わっ」

粘土人間が横たわっているのに気づかず、足を引っかけて後ろに転ぶ。その隙を逃すまいとこれまでの緩慢な動きが嘘のようにナースは奇声をあげ飛び掛かってきた。

「おらあ！」

ずんっ、と誰かが雄《お》叫《たけ》びとともにナースの背中に乗っかかり、背中にありったけの注射器を刺した。

「ハンド！」

ナースに圧《の》し掛かったのはハンドだった。ハンドは必死の形相でこれ以上進まないよう足を摑《つか》んでいた。

『あああ！』

ナースははじめて悲痛な叫びを上げ、苦しそうに暴れた。烈しい暴れようにハンドも振るい落とされる。

『せ、先生ぇ……先生、先生！』

ナースの声が濁ったものから次第に鮮明になり、澄んだ女性の声に変わってゆく。

驚いてナースをよく見ると燃えていた頭は鎮火し、真っ黒な炭でしかなかった顔は徐々に色と形を取り戻していった。

『宮下さんが喀血《かっけつ》しました、庄内《しょうない》さんの腕も化膿《かのう》しています。長谷川《はせがわ》さんは早急に手術が……薬が……血も全然足りません、せめてもう少し人手があれば……診察できるのが先生おひとりなんですよ……ああ、なぜ……先生が先に……私がみなさんを……たす、け』

やがて欠けた手足ももとに戻り、そのすべてが人間のころに戻った。重度の疲労を顔に蓄えた女性だった。まだ看護婦と呼ばれていたころの姿恰好《かっこう》――顔も腕も脚もすべて人だったころに戻ったというのに、服の汚れだけは変わらない。

どれだけ激務に耐えてきたのかを物語っていた。

赤黒い空が青味を帯び、夜が戻ってくる。そして運動場からは死体も穴も消え、静寂が訪れた。

「ふぃ～っ……助かった」

安堵《あんど》に染まった声。ハンドだった。

慶太も全身の力が抜けるのを感じながら、地べたに大の字に寝転ぶ。

「ありがとうハンド……」

「いい仕事したろ？」

隣に寝転んだハンドが自慢げに笑った。

「惜しむらくはこの俺の雄姿を動画に収められなかったことだな」

「そこ一番大事なところじゃん」

「そうだよ、ナースが慶太の息の根を止めるのを見届けてからのほうがよかった」

「縁起でもないからやめてよ」

ははは、とハンドは笑った。そして一拍置いて、ふたりの大きな溜《た》め息が重なる。

「……死ぬかと思った」

「ありがとうな、慶太。きてくれて」

「こっちこそ、最後の最後に助けてもらった」

拳《こぶし》と拳をぶつけ、互いを労《ねぎら》う。

「…………ほとんどうちらがやったのによく言うわほんと」

「ピカリン様！」

「うっさいピカリン言うな。さっさと起きろゲロ豚ども」

ニノ！　とピカリンが呼ぶがニノは反応しない。

「ニノさん……死んだんじゃ……」

「死ぬか。あいつの頑丈さは異常なんだ。むしろこんなところで死ぬようなやつならうちが殺してやる」

おお、いつものピカリンだ。

「ハンド、一緒に行こう」

「おお」

ふたりでニノのもとに急いだ。

「ニノさん！」

ニノを揺さぶる。反応がない。

心配になって胸に耳を当ててみた。心臓は動いている。

「……ぐご」

もしかして寝ているのか？

まさか。

そう思いながら顔を見合わせる。

「ピカリン、ニノさん……寝てるみたいなんですけど」

「そうか。わかった」

えらくあっさりと返事をするとピカリンはこちらに向かってくる。そして、ニノの頭の上までやってくると足を高々と上げ——。

「んがあっ！」

「踏んだ！」

5

「土地にはそれぞれ記憶ってものがあるんだ。特に日本は戦禍に晒《さら》された土地も多い」

「じゃあ、この学校も昔……」

さあね、とピカリンは遮った。

慶太たちの眼前には静かな校舎が佇《たたず》んでいる。空いていた穴も覆い尽くしていた炎もない。

七つめのクエストは『ナースに注射をうつ』だった。そうして晴れて七式開門を成就したことになる。静かな校舎はその証《あかし》だった。

「あれってナースをやっつけたことにはならないんですか」

ナースがいなくなる、つまり宿主がいなくなったということで業の世界が消えたのではないかと心配になった。

「ゲロ豚たちはあくまで七つめのクエストを攻略しただけだ。たまたまとはいえ注射を刺したのが正解だったってこと」

「あれ以外でぶちのめしてたらやばかったな。ほまれならやりかねない」

　そう言われてほまれの佇まいを思い出す。あれが本来の姿なのかと思うと複雑な気持ちになった。

「今の状態は病棟になる前ってことですよね……」

「そうだ。戻りたかったんだろ、一番平和だったころに。それがこの土地の望みだった」

　毎日なにげなく通っている学校だったが、考えてみればなにげない日常が幸せなのかもしれない。学校が学校である状態が普通だと思いすぎていた。

「うちらもできれば学校にはかかわりたくない。だけど、そうもいかない」

「あの、ピカリンは大丈夫なんですか」

「はあ？」

　思いきり眉《まゆ》を歪《ゆが》めて睨《にら》む。

「……ふん。元気なのは今だけだし。〝ほまれに替わっちゃった〟から、せっかくここで思いきり浴びた業も意味ない」

「え、どうして」

「普通、あいつと入れ替わったらうちは死ぬんだよ。だけど業の異界では、うちの魂が業に馴染《なじ》んでるからそうはならない。そのかわり再び体に戻った時、拒絶反応で浴びた分の業を全部使う。だから、ここからでれば反動が一気にくる」

　ここ……とは異界のことだ。現実の世界に戻るのはうれしいが、ピカリンに襲い掛かる反動のことを思うと気が滅入《めい》りそうだった。

「だからって戻らないわけにはいかねーからな。ま、これに懲りて同じことすんな」

「はい……」

さすがのハンドも殊勝にうつむいた。

「どうして僕たちを助けてくれる気になったんですか」

身もふたもない質問だと思ったが聞かずにはいられなかった。悪人ではないが、だからといって人のために無償で動くような善人にも思えないピカリンが、どうしてここまでして自分たちにかかわってくれたのか、最後までわからない。

感謝はしているが疑問だった。

「は？　なに都合イイ解釈しちゃってんの。うちは業を浴びないと……」

「はいはい、わかったから大人しくしとけっす」

ふん、とピカリンは唇を尖《とが》らせてそっぽを向いた。

「ああ見えて友達とか友情とか、そういうのに弱いんだよ」

ニノが耳打ちしてきた。

「へっ？」

「お前が必死にハンドを救いたいって俺らに訴えたろ。あそこからピカリンの態度が変わったはずだぜ。俺らも色々あってな、『友達』ってワードには弱いんだ」

そういってミイラ男は笑った。

運動場を歩き、校舎に近づく。下足場の前に立つと子供たちの騒がしい声が聞こえてきそうな空気を感じた。

「今は七式開門をクリアした直後だから凪《な》いでいる状態だ。だから、この土地が一番大切な記憶の中に俺らはいる。血の臭いも薬品の臭いもしないだろ」

確かにそうだ。立っているだけで厭《いや》な気分になりそうだったはずの校舎からはなにも臭わない。それどころが懐かしいとさえ感じる、木と土の温かい香りがした。

「ピカリンたちはこれが終わったら、また別のところへ……？」

「あんたに教えたらまたクソ気味悪《わり》ィストーカー化するだろ。怖《こえ》えんだよカス」

仲良くなれる気がしない。

「まあ、俺らにかかわるなってことだ。せっかく知り合いになったが、もしも外で見かけることがあっても声はかけるな。別に嫌いなわけじゃない。わかるだろ」

わかりすぎるほどわかっている。ハンドも——。

「なにやってんだよ！」

「え？　撮影だけど」

いよいよここから脱出するぞ、という時にハンドは折れ曲がってしまった自撮り棒でこの光景を撮影している。

「撮れ高はもう充分すぎるくらいだ。ピカリン様、撮影ダメって言いませんでしたよね？　超絶美少女ゴーストバスターとミイラ男！　これはマジバズるぞ、あ〜これで俺も有名ユーチューバーの仲間入りかぁ〜！」

ハンドはまぶたの裏に映っているであろう理想の未来に惚《ほう》けた。

ピカリンとニノはそんなハンドを一喝するか、スマホを取り上げるかするかと思ったが、涼しい顔で我関せずを決め込んでいる。

「あの……いいんですか、ハンドのあれ」

「ああ、動画だろ？　いいんだよ。好きにやらせとけ」

「でも……」

食い下がろうとしたのをピカリンが殺気立った睨みで止めた。

「ふたりがいいなら……まあ、それでいいんですけど」

別に僕が困るわけでもなし、そう胸の内でつぶやきながらハンドには触れないことにした。

「さあ、でよう」

ニノが下足場の扉を開き、ピカリンの手を握る。

「お前らが先にでろ」

「え、でも……」

「はやく」

わかりました、と返事をして慶太とハンドは一足先に校内に足を踏み入れた。

キーンコーンカーンコーン……


「へっ？」

オレンジ色の光がちらちらと差し込む下足場に慶太は立っていた。一緒にでたはずのハンドもいない。

「あれ、ハ、ハンド？　ニノさん！　ピカリン！」

目の前に広がる光景は、業の異界でも病棟でもない。懐かしさすら覚える、見慣れすぎた学校の下足場だ。

後ろを振り返るとグラウンドで陸上部や野球部の檄《げき》が聞こえてくる。

これも慣れ親しんだ放課後の姿だった。

「どうして……」

ハンドやニノたちがいないのもさることながら、なぜいまが放課後なのか混乱した。

ニノらと学校に来たのは夜だったはずだ。それも遅い時間ではない。

異界での時間は長かったが、夜を越すほどの時間が経っているとは思えなかった。

『♪』

「あっ」

スマホが震えた。そういえば異界では使わなかったので持っていたことを忘れていた。

『慶太か！』

相手はハンドだった。

どうやらハンドは非常口のほうにでてきたらしい。

『この俺の推理だと、異界からでてくるところはひとによってバラバラらしいな。だからニノさんとピカリンもきっと別の場所にでてるはずだぜ』

ハンドからそう話された時、『お前らが先にでろ』と言ったニノのことを思いだした。あの時確か、ピカリンの手を握っていたはずだ。

——ああ、そうか。手をつないででれば、ふたりとも同じところにでられるんだ。

ひらめきのように合点がいった。あれはそういうことだったのだ。

『そんでさ、お前ニノさんとピカリンの連絡先とか知らねえの』

「ごめん、わからない。スマホ持ってるだろうけど訊《き》いてる場合じゃなかったっていうか」

『なんだよ、それじゃあもう会えないのか。あれだけ世話になっといて』

「うん……」

それに大バズりする礼もしたいし、とハンドは歯《は》噛《が》みした。

ニノとピカリンとはあれで最後？　もう会えないのか。そんな——

「小杉山くん！」

突然の呼ぶ声に驚いて振り返った。

血相を変えてこちらへ駆け寄ってくる府川の姿があった。

「先生……」

「小杉山くん、一体どこへ行っていたの！　もう大騒ぎだったんだから！」

え？　と間抜けな返事をする慶太に府川は昨晩のことを話した。

「あなたが帰ってこないってご両親から連絡があって、警察にも相談して大変だったのよ！　小杉山くん大丈夫？　怪我とかはない？」

心から心配している様子で府川は慶太に異変がないかをしきりに訊《たず》ねた。

「先生たちも戻って学校中を捜したのよ。今まで一体どこでなにをしていたの？」

今にも泣きだしそうになる府川を前に、事情を話そうとするが思いとどまった。今まで異界にいた、なんて誰が信じるだろうか。

それにしてもあれからほとんどまる一日が経っていた。異界とこちらとでは時間の流れ方も違うのだろうか。

「すみません……僕、よく覚えていなくて」

そう言い繕うので精いっぱいだった。本当は鮮明に、なにもかも克明に覚えている。だがそれを口にすれば余計に大人たちを心配させてしまうだろう。

しばらくは覚えていない振りをして、説得力のあるハッタリを考えなければ。

「でも本当によかった……。小杉山くんもいなくなったらどうすればいいかって」

「も？　もって、前にもいなくなった人が――」

そこまで言って思いだした。ニノによると、業の異界に呼びこまれたものは自分の力ではでられない。広美のことを考えるとこの学校で過去に失踪《しっそう》した生徒がいたとしても不思議ではない。

「あの……先生」

「なに？　どこか痛い？　とりあえず保健室にいこっか」

「いえ、大丈夫です。それより先生は、『尾崎広美』って生徒を知っていますか」

突然府川はすごい勢いでこちらを振り向いた。

目を剝《む》き、睨《にら》みつけるようにしてこちらを見つめ、唇が小刻みに震えている。

「なんでその名前知ってるの」

「いえ、その……」

予想外の反応に思わずのけ反った。府川はこれまで見せたことのないような形相で詰め寄ってくる。

「小杉山くん？　なんでその名前を知っているの？」

「と、友達なんです……」

「友達？　どうして？　なんで小杉山くんと広美が？」

「知ってるんですか。尾崎さんのこと」

訊ねると府川はすん、と体を引いた。

「小杉山くん、先生は用事があるから職員室に戻ります。帰ったらちゃんと自分の口でご家族に説明してね」

え？　慶太は動揺した。

ひとりで帰らせるのかよ、とも思ったが、そのほうが好都合ではある。むしろ願ったりの展開だが、どうも腑《ふ》に落ちない。

尾崎広美の名前をだした途端、府川はなぜか態度を豹変《ひょうへん》させた。

もしかして同級生とか……なのか。

考えてみれば同じ制服だからといって現役の生徒とは限らない。無理のある推察にも思えたが、そもそも在学中に生徒が失踪したという報《しら》せは聞かない。ならば今の在校生ではないという考えもあながち見当違いではない……のか？

この学校の卒業生である府川も在校中、同じ制服を着ていたはずだ。だがそれだけで同級生だと決めつけるのは早計だ。早計だが——

府川は『広美』と呼び捨てにしていた。おそらく顔見知りで親しい間柄なのは間違いない。ということは、広美が異界にいた＝広美が失踪したことについてなにか知っているのだろうか。

すでに府川の姿は見えなくなっていた。

詳しいことを知りたい気もするが——

「やめとこう。せっかく戻ってきたのにまた七不思議にかかわるなんてごめんだ」

ひとりごち、学校をでた。

府川と話している間に、ハンドも帰ったらしい。慶太よりも長い期間留守にしたのだから、一刻も早く事後処理をしたいということだった。

「なんて言い訳しよう……」

秋風が薫る帰り道、頭の中では怪物たちを相手にニノとピカリン、そしてほまれが所狭しと大立ち回りを演じていた。

ノベルの塔で次に書く新作のタイトルは決まっていた。

6

「本当にここか？」

「そうだよ」

「本当に本当か」

「本当だってば」

「もしかしたら間違いだったってことは？」

「ないない」

「いや、そうは言っても」

「うるさいな、先にいくよ」

ま、待ってよ～、と情けない声で背を追うのはハンドだった。

怪しい佇《たたず》まいのビルに堂々と入っていく姿は慶太だった。階段を上がって三階、お目当てはいわずもがな【メイドのおみやげ】だ。

業の異界からでた直後はそれどころではなかったため咄嗟《とっさ》に思いだせなかったが、よくよく考えてみれば慶太はピカリンとニノの居所を知っている。

来るべきか否かは正直なところ迷った。だが、行って会わなければならないと強く思ったのだ。

案の定、ニノとピカリンはあの日を最後に学校に来なくなった。

とりたてて騒ぎにもならず、ひっそりといなくなった。もともとクラスのはみだし者を演じていたピカリン（演じてはいないか）だったから、クラスから姿を消したのも大した話題にならず、なにもなかったように日常は流れていった。

ニノも同様だった。当たり前のように新しい校務員が補充され、まるで最初からいなかったかのような扱いだ。無理もない。ふたりが学校にいた期間はほんの数か月、あまりに短い。

連絡先は知らないが、ここに来れば必ずふたりはいるという確信があった。もしもいなかったとしても、手がかりは得られる。どっちにせよ、【メイドのおみやげ】を避けて通る道はない。

「おい、本当に入るのか……」

「何回おんなじこと言うんだよ！」

「なんかキャラ変わってない？　そんな頼り甲斐《がい》のあるやつだっけ」

「ハンドがびくびくしすぎなんだって。二十歳なんだからこういうところくらい来たことあるんじゃないの」

「ピュアなんだよこの俺は！」

ビビりの間違いだろ、と半ば呆《あき》れながら動物のマスコットたちに囲まれたドアの前に立ち、ノブに手をかけた。すぐそばでハンドがあわあわ言っているが知ったことではない。

「いらっしゃいませご主人サッ……！」

満面のスマイルで出迎えたピカリンは慶太の姿を認めた瞬間、眉《まゆ》を引くつかせ凍り付いた。

「ゲロ豚……」

「ちょっとピカリン、ご主人様になんて口の利き方をするの！　申し訳ありませんご主人様っ、ピカリンの失言はこのうさぎちゃんメイド・みきっぺが責任をもって謝りますぅ～」

「か、かわええ……」

ハンドが惚《ほう》けた声でつぶやいた。堕《お》ちたということだけはわかった。

「ご指名のメイドはいらっしゃいますかご主人様っ」

ぴょんっと跳ね、みきっぺが訊《たず》ねる。

「ピカリンをお願いします」

「ゲロぶ……」

「ピカリン！」

「お〜、よく来たなふたりとも！　いつぶりだ」

「いやそんな経ってないですよ」

「そうだっけ？　あの後すっげー大変だったんだぜ、ピカリンがもうぐでんぐでんで使い物にならねーの！」

がははっ、と豪快に笑うニノは慶太たちが見慣れていた作業着ではなく、白シャツに黒ベストというバーテンダー姿だった。ただ、顔だけは相変わらず包帯でぐるぐる巻きだ。

「なにしに来たんだ。死にたくなったのかテメー」

伏し目がちに睨《にら》むピカリンの眼差《まなざ》しは確かに殺人者の目つきだった。メイド服でごまかしているが、確実に何人か殺している。

だがしかし、ピカリンの美貌《びぼう》はメイド服が合わさることによってさらに倍加する。外見だけを見ればたとえようもないほどの美しさだった。

「なにじろじろ見てんだオマエ、殺すぞ。有り金置いて死ぬか？　お？」

この口の悪さで相殺されるので丁度いいかもしれないと思った。

「あのぉ、いいっすかあ！」

これまでテーブルの隅でプリンやアイスが山ほど載ったソーダをちまちまと飲んでいたハンドが切りだした。

「えぇっとぉ、ちょっと困ってましてぇ！　実はですねぇ」

「普通に喋《しゃべ》れないんなら猿以下だな。人間と同じもの食うだけ猿よりタチ悪い」

「そそそそんな」

「おい、猿、違うだろ。『キーキー』だろ」

ハンドの席の周りだけがどよーんとした重い空気をまとい、生気を失ったハンドが無表情で窓の外の空を見つめていた。数秒前までキーキー言わされていたのだから仕方がない。

「ええっと、つまり……ハンドの話を代弁しますと、あの病院で撮影した動画がどういうわけかずっとハンドがひとりで喋っているだけの動画になってたんです」

それは慶太も確認済みだった。ハンドが学校の廊下で興奮気味に実況しているだけのつまらないものだった。それが実際に異界へ行ってしまった自分たちにとって強く矛盾していることは明らかだ。

「僕は助かったんだからいいじゃないかって言ったんですけど、どうしても納得いかないって聞かなくて……」

「それでわざわざこんなとこまで来たってのか」

ニノは笑い、ピカリンは不機嫌そうだ。

「見ての通りだ。異界のことは記録できない。どれだけそいつがはしゃいで撮影したところでこっちに戻ってきた瞬間に中身は業の力で改竄《かいざん》される。何人か写真に収めようとしたやつを見たが、そのどれも上手《うま》くいった試しはなかった」

「そんなぁ〜……！　あれがないとこの俺は」

「そんなもんに頼ってるから動画ごっこなんだよ。元はうちらを追いかけ回してた動画なんだからそのツケが回ったんだな。ざまーみろ」

さらにハンドの周りの空気がどよんと重くなった。

「つまんねーことで店まで来てんじゃねーよ、ゲロ豚の分際で」

「違います。確かにハンドは動画の件が目的でしたけど、僕はピカリンとニノにちゃんとお礼を言いたくて」

「いらねーし！　あんたからお礼を言われたって金にもなんねえっての！　そうだ、それなら金くれよ金！　欲しいパソコンが」

「ピカリン！」

ニノの一喝にピカリンは渋々黙った。前にも見たがこういうパッケージなのだろうか。

「ハンドを助けてくれてありがとうございました。それに僕のことも助けてもらって」

「自業自得だからひでぇ目に遭わせてやろうと思っただけだっての」

「そうだとしても、こうやって帰ってこれたのはピカリンとニノさんのおかげです。本当にありがとうございます」

　深々と頭を下げると、ハンドもしまったとばかりに立ち上がり、慶太に倣った。

「あざっしたぁ！」

「お前もうちょっと成人らしくしろよ」

「さーせん！」

　ふぅ、と溜《た》め息をつくがニノはうれしそうだ。

「ピカリン、こうやってわざわざ礼を言いに来てくれてんだから、ちょっとくらい応《こた》えたらどうすか」

「なんでうちが！　こいつらが勝手に……」

「ピカリン」

　ニノが睨みを利かす。ピカリンは頬杖《ほおづえ》をつきながら渋々、唇をとがらす。

「まあ……いいんじゃない、の。たぶん」

「ピカリン」

「あー、大したことしてないし誰も死んでないんだからなんだっていいんだよ！　気持ちはわかったからさっさと帰れ！」

ピカリンの顔は真っ赤だった。普段から態度で本心を伝えることが大の苦手なのだと伝わってきた。

「まあ、これで勘弁してくれ。これでも本人からすればずいぶん頑張ったほうなんだぞ」

「なんでうちが……」

ぶつぶつと愚痴るピカリンの横でニノがおかしそうに代弁する。あの夜の学校の時のような緊迫感はどこにもない。

「じゃあ帰れ！　ここはお子様がくるような場所じゃねえし！」

「あ、成人すけどこの俺」

「うるさいチェリー！」

どよーん。

「あの、実はもうひとつ伝えたいことがあって――」

スマホを取りだし、ある画面を呼びだすとふたりに見せた。

「これは」

ノベルの塔の作品ページだった。数日前から書きはじめた慶太の新連載だ。

説明するのはすこし照れ臭かったが、スマホの画面に注視するふたりにアプリとサイト両方について話し、どうすればここに辿《たど》り着けるかを教えた。念のため、メモも用意したのでそれも忘れずに渡しておく。

「それじゃあ、出来るだけ毎日更新していくんで、よかったら読んでください」

動画が戻らないと恨み言を漏らすハンドを引きずり、店をでた。ニノはまた来いよ、と言ってくれたがピカリンは二度と来るなと言った。

やっぱりいいコンビだ。

くすくすと笑いながら、早く帰りたいと思った。早く帰って、あの小説の続きを書きたい。読んでくれるかな、きっと読んでくれる。

「そうだ慶太、リアル恋愛ドキュメントとかどうだ！　ひとりの男が好きな女の子と付き合うまでのリアルガチドキュメント！　男ってのはもちろんこの俺で、女の子は……さっきのうさぎのメイドの子がいいなあ」

にへっと表情をみっともなく弛《し》緩《かん》させるハンドを引きずり、ビルをでた。なんだかイケる気がする。

人気がでるとか、ランキングに入賞するとか、書籍化とか、そういうことではなく書きたいものを責任をもって最後まで書ききる。結果はあとからついてくるはずだ。

もしも報われなくたって大丈夫。キャラ作りには自信があるんだ。

慶太たちが店を去ったあと、ニノは残った仕事を片付けるため厨房《ちゅうぼう》に引っ込んだ。

店はお茶を引き、メイドたちは暇を持て余すように小物を作ったり、掃除をしたりしていた。

その中でひとり、テーブルに突っ伏しながらスマホを眺めるピカリンの姿がある。

画面を見つめ、指を下に滑らせ、目は何かを追っている。

もうそんな体勢がずっと続いていた。

「ピカリン、忘れてるみたいっすけど今仕事中っすからね。もう偽高校生じゃないんですから、ちょっとはみきっぺたちを手伝ったらどうすか」

「へ～い」

「ん？　ああ、もしかして読んでるんすか。どうっすか、慶太の小説」

ピカリンはふんっ、と鼻を鳴らしスマホをポケットにしまい込んだ。

「へったくそだよ。読んでられない、つっまんねーの」

カウンターに畳んで置いてあるダスターを手に取った。

「なによりも……」

ピカリンの口元がほんのわずかに緩む。

「タイトルのセンス皆無だわ」

ポケットの中で『ニノピカ』と表示されたスマホの画面が、タイムアウトで消えた。

エピローグ

夜の学校なんていつぶりだろう。

教師になりたてのころは要領の悪さが祟《たた》って、毎日夜中まで職員室にいたっけ。

ライトで廊下を照らしながら府川は懐かしさを嚙《か》みしめていた。

母校で教師として働くというのは感慨深い。働きはじめたころは気が気でなくて、毎日が憂鬱《ゆううつ》で、これが因果応報というものかと思ったがいまではすっかり慣れた。考えすぎだった。強迫観念がもたらす慢性的なストレスだと自己分析している。その山を越え、ここ数年は働きやすくなってきた。

それもそのはずだった。この学校は、学生のころからなにも変わっていない。変わったのは教師の顔ぶれと毎年入れ替わる生徒だけ。校舎はあの時のままだ。

宿直の校務員には用事だと伝えてある。怪しがることもないだろう。それだけの認知度は培ってきたつもりだ。

下足場の階段が近づいてきた。

スリッパのパカパカと底を鳴らす音だけが沈黙の廊下に響き渡り、窓から差す月の明かりがぼんやりと闇を照らしていた。

あの日もこんな、静かな夜だったな。

最初に、七不思議をやろう、と言ったのは府川のほうだった。あの頃は、おまじないや占いの類《たぐい》は全方位的に信じていた。当然、怪談や学校の怖い噂もそうだ。

それでいながら府川は怖がりであり、夜の学校に足を踏み入れることなどあるはずもなかった。


広美は高校に入って仲良くなった友達だった。明るく活発な性格の広美は、なぜか府川を気にかけてくれた。

広美は運動も得意で陸上競技では常にトップの記録をマークし、勉強も相応にできる。女子からも男子からも人気があったし、ちやほやされていた。

それに比べて府川は文芸部で本の虫。運動は苦手で目も悪く分厚いレンズの眼鏡をかけ、顔には豆袋を地面に落としたようなシミそばかすが目立つ。


広美が男子生徒とつきあいはじめた。よりによって、府川が恋をした文芸部の男子生徒と。そして広美もまた文芸部に入部してきた。精一杯平静を装う府川だったが、仲の良い恋人たちの姿を見るのは辛《つら》かった。

ある時府川は気づいてしまったのだ。

仲がいいと思っていたのは自分のほうだけだったと。

広美はわかっていてからかった挙句、府川が恋する男まで奪ってしまった。

憎い。死んでしまえ。

だがそれを実行に移すような手段はない。だから、呼んだ。夜の学校に。

あの日、文化祭の合同誌の編集で残っていた時、『みんなに内緒で七不思議の実験をしよう』と持ちかけ、広美を呼んだ。

理科室に骨格標本を見に行き、音楽室へ行った。そして次に姿見へ向かった。

どこへ行ってもなにも起こらなかった。

最初ははしゃいでいた広美だったが次第に不機嫌になっていった。なにかが起こると思い込んでいた府川は焦りを募らせ、なんでもいいから広美に恐ろしいことが起これと心から願った。

　本当にそれだけだった。それだけのつもりだったのだ。

「そんなだからあの人から相手にされないんだよ」

あの人……広美の恋人。府川の初恋の人。

「いっつもあの人、あんたのこと気味が悪いって言ってるよ。太りすぎでだらしないって」

おかしそうに笑った顔は全力でバカにしている顔だった。

退屈な七不思議に飽きて、府川をからかって遊ぶのに切り替えたのだ。

ちょうど姿見の実験を終え、三階へ上りきるところだった。

「そうだ。このままなにも起こらなかったら、あの人に告白しなよ」

「なにを……そんな」

「私と付き合ってるけど、もしかするとチャンスあるかもよ~。意外と私の方が振られちゃったりして」

もちろんみんなが見てる前でね！

それが広美の最後の言葉となった。

気づけば府川は階段の上から広美を突き飛ばしていた。

ゴロゴロと転がりながら、広美は悲鳴も上げず姿見のある壁に鈍い音を立て頭を強くぶつけ、ぐったりとした。

烈《はげ》しく動揺した。

つい衝動的に突き飛ばしてしまった。そして、広美は強く頭を打っている。

このまま放置しても、介抱しても、広美はこのことを広めるだろう。

「どうしよう……」

呪いはなかった。広美は怪異によってひどい目に遭うことはない。

ならば――。

広美を引きずりながらもう一度階段の上まであがり、もう一度……突き落とした。できるだけ頭を打つように、思いきり。

姿見の鏡面に頭を打ち、床に血が滲《にじ》んだのを見て府川は我に返った。

「なんてことを……私……」

もうなにもかも遅かった。広美は大怪我を負っていて、このままだと死ぬ。わざわざトドメをさそうとしたのだから当然だ。

動転した府川は逃げた。

後のことなど考えずに逃げた。

どうしよう、もしも広美が生きていたら。

どうしよう、広美が誰かに今日のことをしゃべったら。

どうしよう。どうしよう。どうしよう。

気が付くと家に帰り自分の部屋に閉じこもっていた。ベッドの布団をかぶり、一晩中眠れなかった。

翌日、府川は体調不良をいいわけにして学校を休んだ。

今頃校内は広美の話題で持ちきりのはずだ。そして、教師か警察が自分を訪ねて来る。そうしたら全部終わりだ。

私は人殺しとして一生を終える。

――だがその日はこなかった。三日間、学校を休んだがその間、誰も家を訪ねてこなかった。

それどころか学校に行くと、予想もしないことになっていた。

『尾崎広美が失踪《しっそう》した』

唖然《あぜん》となった。広美は自分が階段から突き落とした。二度も。

死んだか、大怪我をしているはずだ。だから失踪など——。

もしかして見た目ほど症状は重くなく、自力で家に帰ったのだろうか。いや、それはない。家族が失踪したと騒いでいるのだ。だとすれば広美はどこに行ったのか？　生きているのか、死んでいるのか、それすらわからず気が気でない。

もうひとつ、運が味方に付いた。

広美は府川と学校に行くことを誰にも言っていなかったのだ。おそらく、あとで「こんなことがあった」という話のネタにしようと思っていたのだろう。なんでも面白がる広美らしい。

だから、あの日府川が広美と一緒に夜の踊り場にいたことは誰も知らない。そして広美はあの日から姿を消したまま二十年以上が経った。

だが、広美は、もしくは彼女の死体は、どこへ消えたのだろう。

彼女がいなくなってから、本当の意味で府川に安息の日は訪れなかった。この歳まで独身なのも、隙を作ることが怖かったからだ。家庭を持ち、もっとも幸せな時を狙って広美はそれを壊しにやってくるかもしれない。

ただいなくなった。それだけのことなのに、府川にとっては強力な暗示、呪縛といってよかった。

この学校に赴任したことはきっと神の啓示なのだ。あの女が再びでてこないよう見張っていろという神の啓示。

そう思わなければまともな神経でここで教師をすることはできなかった。

教師生活はこの学校で終えようと思っていた。定年まで勤め上げる気はない。ある程度自分の中で満足すれば辞めよう。そうして広美のこともけじめをつけるつもりでいた。

小杉山慶太が尾崎広美の名前を口にしなければ、波風も立たないままその日が訪れるはずだったのだ。

踊り場の姿見は奇しくもあの時と変わらず同じものだった。広美が頭をぶつけ、血を流したのもこれだ。

慶太になぜ広美を知っているのか訊ねたが口を割らなかった。府川との関係は知らなかったようだが、二十年以上前に失踪した尾崎広美の名を彼が知っているはずがない。だとすればなんらかのきっかけで知ったと考えるのが自然だ。

あるとすれば——ここしかない。

府川は踊り場の姿見の前に立っていた。あの日、広美が落ちたその場所に。

持っていたライトをおそるおそる鏡に映る自分に向けた。

光が反射して眩《まぶ》しいが、鏡面には府川しか映っていない。

姿見の枠を照らし、広美の痕跡《こんせき》がないかを調べるがそれらしいものは見当たらない。

普通に考えれば、姿見に〝尾崎広美を示すもの〟などあるはずはない。それでも念のため。万が一ここに広美がなにかを隠していたとしたら。

「なにもない……」

溜《た》め息を吐く。

わかっていたが実際にないことを確かめるだけで安心する。どこで知ったかはわからないが、慶太にこのことは今後触れないでおこう。そうしてそろそろ頃合いを見て辞めてしまおう。

「そうよ。なんで私が広美のためにこんな思いをしなけりゃならないのよ」

悪いのは広美だ。広美がバカにさえしなければ、こんなことにはならなかった。悪いのはすべて広美なのだ。

もうこれで終わりにしよう。広美は二十年前に消えた。

死んだのだ。これ以上、彼女に囚《とら》われたくはない。

今夜、姿見の前にやってきたのは、広美と決別するため――。

改めて府川は自分にそう言い聞かせた。

「さようなら広美……」

『ずっと待ってたよ、繁子』

「えっ！」

どこからか声が聞こえた。そのおぞましい声には聞き覚えがある。

「広美……」

無意識に名を呼んでいた。

『これからはずっと一緒だね』

今度は〝どこからか〟ではない。はっきりと聞こえた、真後ろから。

だが真後ろは壁だ。いるはずがない。

――違う。壁じゃない。

府川はわかっていた。真後ろにあるそれ――。

『永遠にね』

その声が耳元でしたかと思った瞬間、真っ青な腕が後ろから抱き着き、府川の口を塞《ふさ》いだ。

「たすけっ……！」

落ちたライトが鏡を照らし、府川は姿見の中へと引きずり込まれた。

静寂が訪れ、暗闇の中に不釣り合いな光線が床を転がっている。

『だれかあ！』

内側から府川が鏡面にへばりつき、誰もいない校舎に向けて助けを求めた。だがその声は鏡の中でのみ響き、誰の耳にも届かない。
いくつもの腕が府川に絡みつき、鏡から引き剝《は》がした。そのうちの一本の腕が鏡の中から伸び、床に落ちたライトを拾い上げ、鏡の中へ持ち去った。

この学校にまた、業がひとつ。

了

参考書籍

朝里樹著『日本現代怪異事典』（笠間書院）

本書は書き下ろしです。